UN CHÂTEAU ROSE EN CORRÈZE

Michel Peyramaure

UN CHÂTEAU ROSE EN CORRÈZE

Roman

Production Jeannine Balland
Romans Terres de France

PRESSES DE LA CITÉ

ISBN 2-258-06197-0

J'ai bu l'été comme un vin doux
Et j'ai passé tout le mois d'août
Dans un château rose en Corrèze...
ARAGON

Pour « embrasser le monde », comme disent les poètes, je ne connais pas de meilleure position que celle que j'ai repérée, il y a trois mois, au début de l'été 1943. C'était lors de mon retour à la ferme des Mazières, dans le sud du Limousin, non loin de la Vézère, où mon oncle André et ma tante Mélanie vivent d'une modeste retraite d'employé des Postes et d'un peu d'élevage. Cet endroit se présente comme une vaste table de roche amarrée à la crête d'une colline proche de cette demeure et dominant les méandres de la rivière.

Ce n'est pas à proprement parler une découverte. Ce lieu, je m'y rendais depuis ma plus tendre enfance, mais je ne lui ai reconnu que récemment une vocation d'observatoire. La vue porte sur toute la vallée du Madelrieux, déployée en forme de cirque enchâssé entre de puissantes collines de chênes et de châtaigniers. Il est traversé par la rivière, avec, au milieu, plantée sur une sorte de promontoire, l'opulente ferme d'Eugène Monge, qui allait occuper, dans les mois à venir, l'épicentre du séisme qui a bouleversé ma vie.

De la fenêtre de ma chambre comme de mon observatoire naturel, on peut à peine, d'un écart de bras, toucher les limites de ce panorama.

Le cirque de Madelrieux pourrait évoquer l'image d'un cratère éteint, si la Vézère ne lui donnait un frisson de vie. Venue du nord par une saignée des falaises de schiste et de granit, elle caracole dans un magma de roches éboulées, de végétations sauvages et d'arbres torturés, avant de s'épancher en somnolant dans des espaces de champs et de prairies, sous des courtines de peupliers et de saules, où tranchent les lignes cuivrées des oseraies. Au-delà, à la limite du Périgord, elle s'engage, avec des indolences de femme endormie, à travers des terres de haute noblessse, avant d'aborder le domaine des vignobles du Bordelais, à la rencontre de sa grande sœur, la Dordogne.

De toutes les fermes éparses sur les collines qui la cernent, celle de mon oncle des Mazières occupe la plus belle altitude. Comme pour manifester une préséance ancestrale, elle est dominée par un de ces pins parasols qui servaient jadis de repères, identique à ceux que l'on voit se dresser en arrière-plan dans les œuvres des peintres toscans du Quattrocento.

Je ne discernais, a priori, aucune indication prémonitoire qui pût identifier le cirque et le domaine de Madelrieux à un lieu propice aux batailles. Pourtant, à la réflexion, tous les éléments sont en place : en amont, une vallée étroite et profonde comme une gorge, favorable à un cheminement à couvert, des espaces de prairies et de champs aptes à permettre un engagement, des pentes boisées idéales pour dissimuler des réserves et tomber par surprise sur l'ennemi. Quant à la rivière, elle peut faire office de ligne frontale entre les forces adverses – j'ai observé qu'il y a presque toujours un cours d'eau dans les engagements guerriers. Il faut dire que je venais de relire la *Guerre des Gaules* et qu'il m'en restait la rumeur d'un orage qui s'éloigne...

Je me suis installé, comme chaque matin, à mon poste d'observation, mon fusil près de moi, les vieilles jumelles rapportées par l'oncle André de la guerre de 14 accrochées à mon cou. Assis à même la roche, disloquée par les racines d'un énorme châtaignier, je me trouve pour ainsi dire dans la situation d'attente du lieutenant Drogo, le héros malheureux du *Désert des Tartares*, le roman de Dino Buzzati.

Attente affligeante : l'ennemi tarde à venir. Peut-être viendra-t-il bientôt, peut-être jamais. Il n'est pas loin pourtant, je le sais. Parfois, des collines du sud, dans les parages du gros bourg de Coursac, montent des grondements de convois allemands, les crépitements des armes automatiques et les coups de tonnerre de mortiers. Durant quelques minutes, les pentes lointaines s'illuminent des feux d'un orage brutal. J'ai l'impression que cela se passe à des distances infinies, hors de mon univers et que je suis assis, comme au cinéma, pendant la projection d'un film de guerre.

1

SOLITUDE ET CLANDESTINITÉ

Réfractaire... J'étais un réfractaire. Ce mot nouveau de mon vocabulaire, je le repassais, je le suçais comme un bonbon, jusqu'à le vider de toute signification.

Au retour des Chantiers de Jeunesse, j'avais reçu de la préfecture de la Corrèze une convocation : le Grand Reich puissant et généreux m'offrait une chance de participer à l'instauration d'un « ordre nouveau » en travaillant, sur la côte atlantique, à la construction d'une sorte de muraille de Chine avec, en arrière-plan, la perspective de défendre les valeurs de l'Occident aryen contre les Juifs, le capitalisme et le communisme.

Cette *proposition* me laissa perplexe : j'étais à un âge où, lorsque souffle le vent de l'aventure on se sent pousser des ailes, mais la contrepartie impliquait des incertitudes et des dangers auxquels je n'étais pas préparé.

Je montrai ce document à mon père, dans l'atelier de menuiserie où je faisais mon apprentissage. Il écarta d'un revers de main les copeaux qui recouvraient son établi, chaussa ses petites lunettes cerclées de fer et se pencha pour lire. J'étais informé que la Commission mixte franco-allemande venait de me porter sur la liste des hommes appelés à se présenter à l'organisation Todt, à Bordeaux, au titre du travail obligatoire. J'aurais à me trouver à la gare de Brive, muni de vêtements chauds, de couvertures, d'un gobelet, d'assiettes et de couverts, comme pour un pique-nique. Comble de la générosité, les frais du voyage me seraient remboursés ! Mon père marmonna je ne sais quoi, avant d'achever à haute voix sa lecture :

— *J'attire votre attention sur les dispositions de la loi, qui prévoient des sanctions sévères à l'égard de ceux qui n'obtempèrent pas aux réquisitions.*

Pour moi, ce codicille chargé de menaces changeait beaucoup de choses.

Mon père poursuivit en repliant ses lunettes :

— Eh bien, nous voilà dans de beaux draps. Qu'est-ce que tu comptes faire ?

Rompre avec un travail inintéressant pour me consacrer, sur un bord de mer, à la construction d'une muraille défensive présentait pour moi, je l'avoue, quelque attrait. A la lecture de cette convocation, j'avais eu la tête pleine d'images conventionnelles de cinéma : dunes atlantiques, espaces marins infinis, vent fou, cris de mouettes... A la réflexion, des doutes me venaient à l'esprit : le codicille comminatoire qui terminait ce document me laissait dubitatif. Je dis à mon père :

— S'il faut vraiment partir, je partirai. Un refus de ma part risquerait de vous créer des ennuis.

— Nous en reparlerons ce soir, mais je dois te prévenir : si tu décidais de partir tu ferais une fameuse bêtise et tu nous metttrais dans l'embarras. Je te conseille de peser le pour et le contre.

Nous en avons reparlé à la veillée, après les informations de la BBC, que mon père écoutait religieusement, chaque soir, fenêtres closes. Il me dit en roulant la dernière cigarette de la journée :

— Je sais que la menuiserie ne te passionne pas. Si... si... ne dis pas le contraire. Mais je te préviens : si tu acceptes de travailler pour les Boches, tu ne remettras plus les pieds dans cette maison. Souviens-toi qu'en 14 j'étais à Verdun...

Cet anathème paternel me bouleversa. Dans le silence qui suivit, jamais le tic-tac de la comtoise ne me parut aussi oppressant, comme si elle martelait les derniers instants de ma vie passée.

Mon père ajouta d'un ton péremptoire :

— Si tu refuses de répondre à cette convocation, sache que tu ne risqueras rien, parce qu'on ne te trouvera pas. Ta mère va préparer ton baluchon et tu fileras dès demain. Ton oncle et ta tante des Mazières se feront un devoir de t'héberger. Si tu décides d'entrer dans la Résistance, tu auras ma bénédiction. Toi qui rêves toujours d'aventure, tu seras servi...

L'aventure, aux Mazières, à moins de trente kilomètres de chez nous... Mon père poursuivit :

— Julien, ce n'est pas de gaieté de cœur que je te donne ce conseil. Nous avons du travail en retard, mais je me débrouillerai. Ce qui nous sera le plus difficile à supporter, c'est de te savoir loin de nous et de rester sans nouvelles. Je t'ai dit que tu ne risquais rien, mais il faudra tout de même être prudent. Les Boches sont partout.

— Il faut nous le promettre, ajouta ma mère.

Je ne pouvais faire moins que de donner ma parole.

C'est ainsi qu'un matin de juillet, mon barda sur le porte-bagages de mon vélo, je partis pour les Mazières, lieu de ma proscription volontaire.

En pédalant par des raccourcis, à l'écart des itinéraires trop fréquentés où je risquais de mauvaises rencontres, je me sentais plus nu et plus démuni que Job sur son fumier, mais mon esprit d'adolescent attardé, palpitant d'idées généreuses, brassait tout un attirail de fantasmes liés à cette robinsonnade en pleine nature, à l'héroïsme, au sacrifice patriotique... J'avais élaboré ces nobles sentiments au cours d'un demi-sommeil où alternaient exaltations et doutes.

Persuadés que ma visite n'avait d'autre motif que de me ravitailler chez eux en victuailles comme chaque semaine, l'oncle André et la tante Mélanie m'accueillirent sans surprise.

— Nous t'attendions, me dit Mélanie. Je t'avais déjà préparé un petit colis.

— Avec du tabac de chez Monge pour ton père, ajouta André.

Je leur fis comprendre que le ravitaillement n'était pas le but de ma présence, mais que je comptais sur eux pour m'héberger *quelque temps.* Ils acceptèrent sans réserve : aux Mazières, j'étais pour ainsi dire chez moi.

— Je sais, leur déclarai-je, ce que je risque et ce que

vous risquez vous-mêmes. Les Allemands sont sans pitié pour les réfractaires et ceux qui les hébergent.

— Nous savons où te cacher, me répondit l'oncle. Quant à nous, que veux-tu que les Boches nous fassent, à notre âge ? Julien, ton père t'a donné le bon conseil, et je suis d'accord avec lui. Si tu avais accepté de travailler pour les nazis, je t'aurais considéré comme la honte de la famille.

Je m'installai aux Mazières comme pour les vacances d'été, que, depuis l'enfance, je passais dans cette ferme. Ma chambre semblait attendre mon retour, mais c'est ailleurs que je décidai de me retirer. Pas dans le grenier, la cave ou la grange, comme le suggérait Mélanie : autant de cachettes trop exposées au danger en cas de visite importune.

— La maison de vigne m'ira parfaitement.

— Mais elle est abandonnée depuis des années ! protesta Mélanie, et le toit est crevé.

L'oncle me donna raison. Il me fournirait le nécessaire pour mon installation.

— Tu prendras tes repas à la maison, mais tu coucheras là-bas. Si tu veux recevoir des filles, ça me dérange pas. Tu sais, moi, quand j'avais ton âge...

Je pris possession des lieux le jour même. Rustique, bâtie de solides moellons qui n'ont pas bougé depuis un siècle, cette bicoque me convenait parfaitement. Une végétation sauvage combinant orties, ronces et gaillets avait envahi son pourtour et poussé des incursions au-delà de la porte démantibulée et du fenestron donnant sur la vallée. J'en délogeai la pensionnaire, une grosse couleuvre qui alla s'engouffrer avec des sifflements de colère dans une anfractuosité de la murette bordant la parcelle de vignes, mortes depuis l'épidémie de phylloxéra.

L'oncle m'aida à mettre la bicoque hors d'eau en prévision des orages d'août et des pluies de septembre, à paver sommairement le sol de terre battue avec des pierres de la murette, à transporter un mobilier rudimentaire mais suffisant : une paillasse avec son cadre de planches, la petite table, la chaise et l'étagère à livres de ma chambre. Je ne m'installais pas dans un exil doré, mais ces conditions de survie me suffisaient. Je considère le luxe mobilier comme un élément superfétatoire de la vie.

Je passai ma première nuit dans ce refuge avec l'état d'esprit d'un naufragé échoué sur une île déserte, au milieu d'un grand silence traversé par les *houhouwit* d'un chat-huant perché dans un prunier. De petits cris, des frôlements me laissaient entendre que ma présence apparaissait aux hôtes naturels de ce lieu à la fois singulière et importune.

Je dormis d'un sommeil plus profond qu'en ville, où mes nuits étaient troublées par des bruits de galopades, des altercations de patrouilles contre des passants attardés après le couvre-feu, parfois des détonations, lorsque la Résistance urbaine plastiquait la demeure ou la boutique d'un collabo.

Quand je ne gardais pas les vaches de la ferme, la Brune et la Banou, j'allais pêcher l'écrevisse ou la truite en suivant une ligne de haies pour ne pas me faire remarquer. Autant qu'il m'était possible, je m'efforçais de me rendre utile. Mes premiers scrupules avaient cédé le pas à une notion d'échange, à laquelle s'ajoutait l'affection partagée avec mon oncle et ma tante.

Malgré mille précautions pour laisser ignorer ma présence, je ne pus la cacher bien longtemps à mon amie d'enfance et de vacances, la fille du fermier de Madelrieux, Pauline Monge.

Je m'éveillai un jour de ma sieste avec, interposée entre moi et le prunier, une robe à fleurs. Je me frottai les yeux et reconnus Pauline à sa tignasse blonde qui crépitait dans le soleil et le vent, ainsi qu'aux bottes de caoutchouc qu'elle porte à la saison chaude, par crainte des vipères, abondantes dans la vallée. Nous sommes restés quelques instants à nous regarder en silence, comme si elle venait de tomber du ciel dans mon domaine de Robinson.

Je n'avais aucune raison d'être surpris de sa présence, car nos domiciles n'étaient éloignés que de quelques centaines de mètres et l'on pouvait observer les allées et venues de l'un et de l'autre. En revanche, elle avait des raisons de l'être, car je venais rarement pour de longs séjours à la fin de l'été mais, chaque fois, je ne manquais pas de lui rendre visite dès mon arrivée.

— Qu'est-ce que tu fais ici, Julien ? me dit-elle. Je t'observe depuis quelques jours. Ton père t'a mis au chômage ? Si tu es venu pour le ravitaillement, tu en mets du temps ! Peut-être que tu le consommes sur place...

Comme j'avais pleine confiance en elle, je choisis de tout lui raconter de ma modeste odyssée, en lui demandant de garder le secret. Elle sourit et me répondit par le mot qui me plaisait tant :

— Un réfractaire ! Tu es un réfractaire…

Elle posa les mains sur son visage pour étouffer un rire. Qu'avais-je dit qui pût provoquer son hilarité ? Elle reprit son sérieux et poursuivit en s'asseyant près de moi, ses genoux remontés entre ses bras.

— Ça me fait tout drôle de savoir que le petit Julien que j'ai connu, tout timide, tout sage, soit passé dans la clandestinité… Je vais, moi aussi, te faire une confidence. Je suis entrée dans la Résistance, mais pas par la même porte. Tu vois mon vélo, là, contre le mur ? Si tu enlevais la poignée, tu trouverais dans le guidon des messages codés à l'intention des groupes de FTP de Virolles et de Mazeyrat. Je dois les livrer ce soir.

Je connaissais Pauline depuis ma plus tendre enfance. La proximité de sa ferme familiale avec celle de mon oncle avait fait de nous des camarades de jeux, puis des amis liés par des années d'enseignement secondaire, et enfin – presque – des amoureux.

Ce qui aurait pu engendrer une liaison à long terme avait été stoppé par mon séjour de huit mois dans les Chantiers de Jeunesse, et aucun indice particulier n'annonçait une reprise imminente. J'ignore ce qu'elle pouvait trouver en moi de séduisant. En revanche, j'aimais sa beauté un peu fruste, sa vigueur paysanne, la belle santé dont elle rayonnait et son énergie à toute épreuve. A la réflexion, qu'elle fût entrée dans la

Résistance n'avait pas de quoi me surprendre : l'appel du général de Gaulle l'avait motivée ; elle s'était jetée dans la lutte en s'affiliant au groupe V des FTP (francs-tireurs et partisans), à tendance communiste, comme sa famille. Elle avait participé à une première opération de parachutage sur le plateau et faisait office d'agent de liaison entre les différents postes du groupe. C'était une noble et vibrante nature de pasionaria. Je ne l'en aimais que davantage.

Je décelai un soupçon de mépris dans le ton de sa voix lorsqu'elle me dit en suçant une herbe :

— Tu comptes attendre la fin de la guerre en jouant à la cachette ? C'est bien d'avoir refusé de répondre à ta convocation. Ce serait mieux si tu t'engageais dans un de nos groupes de francs-tireurs. Mais, si tu n'as pas envie de te battre, libre à toi. Personne ne peut t'y obliger.

Elle venait de mettre le doigt sur un point sensible. Je me heurtais chaque jour à ce dilemme et attendais une réponse qui tardait à venir. Qu'elle en eût conscience ne faisait que compliquer le débat. En refusant de me soumettre à la réquisition, je n'avais pas accompli un acte courageux, mais une peu glorieuse dérobade.

Je donnai à Pauline une réponse évasive mais pitoyable : le moment viendrait sûrement où j'aurais à me défendre ; m'incorporer à un groupe ne changerait rien ; la guerre n'était pas terminée, et les occasions ne manqueraient sûrement pas de...

Elle cracha son herbe et, en se levant, me coupa la parole d'une phrase péremptoire :

— Quand tu te réveilleras et que tu auras décidé de nous rejoindre, tu viendras me trouver.

Je tâchai de la retenir par le fond de sa robe. Elle m'échappa, enfourcha son vélo et disparut avec un signe de la main, en laissant en moi l'image d'une Jeanne d'Arc chevauchant à l'ennemi...

Ce fut par un matin de la mi-septembre qu'allait finir ce que j'appelais mon *splendide isolement*.

Il avait plu toute la nuit et une partie de la matinée. Dans la vallée, au-dessus des prairies humides et des espaces de joncaille, des bouquets de brume restaient en suspens, comme ces filaments de laine grise que les brebis laissent aux buissons ou aux fils de fer barbelé des palissades.

Pour garder la Brune et la Banou, j'avais pris place sous une avancée de roche flanquée de deux murs de pierres sèches, qui constituait, depuis des temps immémoriaux, un abri contre les intempéries, comparable aux bories du causse.

J'avais emporté dans ma musette, avec l'anthologie des poètes du XIXe siècle, de Maynial, rapportée du lycée et qui ne me quittait plus, deux grosses tartines de pain de seigle enduites de fromage, et une fiole de vin.

De temps à autre, j'envoyais la chienne Finette écarter les deux vaches des pommiers : les fruits, dont elles sont friandes, auraient pu les étouffer. Je venais de relire, pour la dixième fois depuis mon arrivée aux Mazières, mon poème préféré, le *Booz endormi*, de Victor Hugo, et je rêvais que Pauline se dressait à mes pieds, sous le châtaignier constellé de fruits, comme le champ d'étoiles de la Moabite, quand Finette se mit à grogner, puis à aboyer avec fureur, comme elle le faisait en présence d'une sauvagine ou d'un serpent.

Je me retournai. Il était là, debout derrière moi, immobile et silencieux, long et mince dans son uniforme militaire, je n'aurais su dire de quelle arme, la visière du képi au ras des sourcils. A son ceinturon, dont une extrémité pendait, était attaché un pistolet dans son étui.

Rompant son immobilité et son silence, il me dit en s'avançant de quelques pas vers moi :

— Salut ! Je ne te dérange pas ? Tu permets que je te tienne compagnie un petit moment ?

Sans me lever, je lui fis signe de s'asseoir près de moi, sur le seuil de l'abri.

— Ta cachette est bien choisie, reprit-il. J'ai mis du temps pour te trouver.

Je répliquai sans aménité :

— Qui vous dit que je me cache ? Et pourquoi me cherchiez-vous ?

— Je ne te cherchais pas. Enfin, pas vraiment. J'aurais pu te trouver aux heures des repas chez ton oncle des Mazières. J'ai profité d'une petite réquisition de vivres que je viens de faire chez les Monge, au Madelrieux, pour prendre de tes nouvelles. Tu sembles en bonne condition.

— Qui vous a appris ma présence aux Mazières ?

— Tu ne devines pas ?

— Pauline ?

— Tout juste, mais ça restera entre nous. Tu ne pouvais pas trouver mieux comme planque : un véritable désert, avec tout ce qu'il faut pour tenir jusqu'à la fin de la guerre. Tu es un petit verni dans ton genre.

Il sourit et me tapa sur l'épaule. Le ton ironique dont il usait et qui ne me plaisait guère me laissait augurer une requête précise. J'en voulais à Pauline de n'avoir pu tenir sa langue : elle essayait de m'entraîner, à mon corps défendant, dans son sillage, de transformer le gardien de vaches que j'étais devenu en résistant actif, et le réfractaire en partisan.

« Décidément, me dis-je, c'en est fini de mon indépendance. Je ne suis plus maître de mon destin. » De nature malléable, toujours disposé à me laisser emporter par les vents dominants ou par un simple courant d'air, à tolérer que mes proches ou les événements décident à ma place, cette fois-ci je regimbais par avance, persuadé que mon visiteur allait tenter de m'aiguiller sur une piste où je ne souhaitais pas m'engager.

— Il serait temps que je me présente ! remarqua-t-il. Lieutenant Daniel Worms. On m'appelle Georges Dutheil, tu comprends pourquoi...

Officier issu de l'éphémère armée de l'Armistice, licencié, il était entré dans la Résistance sans la moindre hésitation. Devenu le responsable du groupe V des FTP proches du parti communiste, il avait sous ses ordres quelques postes éparpillés aux alentours de la grossse bourgade de Coursac, située sur l'autre rive de la Vézère. Pauline Monge lui servait d'agent de liaison et il n'avait que des éloges à son égard :

« toujours prête aux missions les plus risquées ; un argus à bicyclette... », dit-il.

— Pauline... J'ai cru comprendre qu'elle est pour toi plus qu'une simple relation de voisinage.

Je faillis rétorquer que nos rapports ne le concernaient en rien. Je répondis en regardant ailleurs :

— Nous nous connaissons depuis toujours. Nous passions presque toutes nos vacances ensemble, jadis.

Il sourit avant d'ajouter en rattachant son ceinturon :

— Tu dois te demander quel est le but de ma visite et pourquoi je te raconte ça alors que nous ignorons tout l'un de l'autre.

Je répondis en haussant les épaules :

— Je ne suis pas tombé de la dernière pluie. Vous êtes venu me demander de rejoindre votre groupe.

— C'est bien ça, mon garçon.

Il aurait pu ajouter des banalités, du genre : « La Résistance a besoin de jeunes comme toi... », mais il me les épargna. En revanche, il s'attarda sur l'organisation de son groupe, les conditions de vie de ses hommes, les difficultés pour leur procurer une tenue décente, des armes, des munitions et du ravitaillement, sur la nature des actions qui leur incombaient, sabotages et embuscades notamment... Leur pain quotidien n'était pas de la brioche.

Mon oncle m'ayant parlé des relations, parfois hostiles, des francs-tireurs avec l'AS (l'Armée secrète), je lui demandai où elles en étaient.

— Pas brillant... soupira-t-il, mais il ne faut pas dramatiser. Nous sommes en désaccord sur certains problèmes pour l'avenir et pour le présent : sur les parachutages notamment. Ils refusent d'en partager le produit avec nous. Pour l'essentiel, qui est de se battre contre l'occupant, nous sommes d'accord, avec des méthodes différentes, et nous gardons le contact.

Il me parla de la dernière opération de son groupe : l'attaque d'un convoi de la Milice, la semaine passée, dans les parages de Coursac, sur la route de Brive. Deux de ses hommes y avaient laissé leur vie, et on avait ramené trois blessés dans le poste le plus proche. Quant aux miliciens, leurs pertes étaient plus importantes.

— Rien de bien glorieux, Julien. Les *milicos* sont des traîtres mais des compatriotes. La guerre civile est ignoble, mais il faut bien se résoudre à la faire, puisqu'ils se sont dressés contre nous. Ils se sont trompés d'ennemi, volontairement. Alors, qu'ils s'appellent Jean ou Hans, c'est pour nous du pareil au même. Ils ne méritent que la mort.

Ce combat, je m'en souvenais : les échos m'en étaient parvenus, affaiblis par la distance, mais sans équivoque. Les détails que m'en révélait le lieutenant Dutheil me firent froid dans le dos. Il n'attendit pas que je donne mon accord à sa proposition pour poursuivre :

— Puisque tu connais bien la région, je te laisse le choix de ton affectation. Je me permets simplement de te suggérer notre poste de Mazeyrat, où les effectifs sont insuffisants depuis la dernière opération. Cette solution présente un avantage pour toi : cette ferme abandonnée est proche de celles de ton oncle et des Monge. Ça te convient ?

Que cette proposition me convienne ou pas, j'étais au pied du mur et ne pouvais me dérober. Je donnai mon accord du bout des lèvres, persuadé qu'un refus de ma part m'aurait coûté l'amitié de Pauline et valu la réprobation de sa famille.

— A la bonne heure ! s'exclama-t-il joyeusement. Salut au bataillon, soldat Julien Duvert ! On devrait arroser ça, mais je ne vois pas comment...

— Moi si, mon lieutenant.

Je sortis de ma musette tartines et bouteille. Mon intronisation dans la légion des clandestins s'opéra sous les espèces du pain de seigle, du fromage et du vin du Madelrieux. Pas de quoi nous entraîner dans une beuverie...

Lorsque, après avoir ramené les vaches à la ferme, j'annonçai à mon oncle la décision qui m'avait, pour ainsi dire, été imposée, il m'embrassa.

— Je n'osais pas t'en parler, Julien, mais je savais qu'un jour ou l'autre il faudrait en passer par là. Je dis pas que ça me fait plaisir mais je dis pas non plus que je le regrette. C'est dans l'ordre des choses, voilà tout.

Il s'interrompit pour se tourner vers sa femme.

— Allons, Amélie, pleure pas. C'est pas comme si ton neveu partait pour les colonies. Il reviendra te voir de temps en temps. Vous pourrez même échanger des bonjours de votre fenêtre.

Il ajouta avec un air de gravité, en me montrant l'échelle du grenier :

— Suis-moi, petit. Je vais te faire un cadeau.

Je le suivis. Avec la pointe de son couteau, il souleva une lame du parquet, sortit de cette cache un fusil de chasse enveloppé d'un linge graisseux, des boîtes de cartouches et de quoi en fabriquer.

— Ça, par exemple ! Tu avais un véritable arsenal. Si les Boches venaient perquisitionner...

— Te frappe pas, petit. Il faudrait qu'on me dénonce, et je vois pas qui. C'est une arme, une vraie. Tu penses bien qu'au prix qu'elle m'a coûté, j'allais pas la déposer à la mairie pour répondre au décret de Vichy. Elle te revient de droit, puisque te voilà soldat.

A gestes lents, cérémonieux, il écarta l'enveloppe. C'était, sous la graisse qui l'enrobait, une pièce superbe :

— Oui, mon gars : un Verney-Carron, de Saint-Etienne, mais attention, pas de la Manufacture... Regarde ! Chien extérieur, deux coups juxtaposés, avec mon nom gravé sur la plaque de la bascule, là : « André Duvert ». Il est comme neuf. Sa dernière victime a été un sanglier que j'ai surpris à sarcler les pommes de terre à sa façon.

Il fouilla dans la cache, en retira les cartouches.

— Quatre boîtes d'origine. Si tu en manques, j'ai ce qu'il faut pour en fabriquer d'autres.

La chasse ne figure pas dans le catalogue de mes hobbies. Je dirais même que ce *sport* me répugne. Pourtant, là, dans le silence et le secret du grenier, cette arme splendide entre les mains, je me sentais, comme le lieutenant Drogo, investi d'une mission sacrée : j'allais défendre non seulement ma vie, celle de mes proches et de mes amis, mais ce modeste coin de terre et mon pays. Je ne pouvais échapper à la magie élémentaire des mots que cette situation nouvelle agrémentait d'un lyrisme à la Déroulède, dont je me gargarisais, mêlé à une âcreté de larmes d'émotion rentrées.

Le lieutenant Dutheil m'avait donné rendez-vous pour la semaine suivante, soit à la mi-octobre, le temps pour moi, m'avait-il dit, de réfléchir, ce qui était superflu.

Son quartier général se situait dans une ferme abandonnée de Virolles, sur la pente d'une colline. Il dominait la rivière et la ferme des Monge, vis-à-vis celle de l'oncle et le lieu-dit Mazeyrat, où il avait prévu de m'affecter.

Avant de me rendre à ce rendez-vous, je pris soin d'effacer de la maison de vigne toute trace de ma présence. J'abandonnais cet endroit non sans quelque regret, comme, je suppose, un naufragé apercevant une voile sur l'océan et contraint de quitter son séjour paradisiaque. J'avais passé là des heures plus agréables que dans l'atelier de menuiserie de mon père, au point que j'avais songé à en faire un lieu de rencontre avec Pauline, préliminaire à un engagement plus formel. A un âge où les désirs deviennent impérieux et font fi de toute prudence comme de toute morale, je la désirais intensément depuis sa récente visite.

Dutheil éclata de rire en me voyant paraître, mon fusil à la bretelle, l'air martial.

— Fichtre ! La belle arme que voilà... Puisque tu sembles partir pour la chasse, tâche de nous rapporter quelques lièvres. Ça améliorera l'ordinaire.

Je répondis, penaud et un peu vexé :

— Ce fusil est un Verney-Carron, de Saint-Etienne. Il peut être utile pour autre chose que la chasse... Un cadeau de mon oncle, et...

— Ton oncle est un brave homme, mon gars, mais il est d'un autre temps. Tu vas lui reporter ce bijou de famille ou le planquer quelque part. Ici, pas de ça, Lisette ! Ce qu'il te faut, c'est une mitraillette anglaise Sten. Une véritable arme de guerre.

Je protestai mollement. L'oncle André m'avait raconté que ces armes nouvelles s'enrayaient facilement ou partaient toutes seules.

— Ton oncle n'est pas au courant, Julien. On lui a raconté des conneries. Ta Sten ne s'enrayera que si tu n'en prends pas soin et elle ne partira toute seule que si tu la brutalises, mais il est vrai qu'elle est sensible comme une demoiselle. On te montrera comment en tirer le meilleur profit. Quant à ton Verney... je sais plus quoi, Pauline le cachera dans son grenier. Après tout, ça peut toujours servir en cas d'urgence.

Vint le moment des présentations. Elles n'eurent rien de protocolaire. Le groupe de Mazeyrat disposait d'effectifs réduits : huit hommes commandés par une sorte de *sergent* qui n'en avait ni l'uniforme ni le grade apparent. Cet ancien des Brigades internationales avait l'expérience de la guerre et de la guérilla : il avait combattu sur le front des Asturies et se faisait appeler Vicente. En dépit de sa taille inférieure à la moyenne et d'une apparente réserve, c'était le type parfait du baroudeur. De la racine du nez à l'œil droit, il portait la cicatrice laissée par une balle franquiste. Originaire de Tulle, il avait occupé un poste de responsabilité, dans sa jeunesse, aux Faucons rouges puis au parti communiste. Ce faucon avait plutôt l'allure d'un merle neurasthénique...

Il me dit en me serrant la main :

— Salut, camarade ! Sois le bienvenu.

Les autres membres du poste de Mazeyrat étaient

des garçons de mon âge, pour la plupart originaires de la région et, comme moi, réfractaires au travail obligatoire. L'un d'eux était un Alsacien qui se faisait appeler Willy. Il me déplut d'emblée : main molle et regard fuyant.

— Faut pas te frapper, me dit Dutheil, si tu les trouves pas très causants. Ils ont appris à se méfier de tout le monde, même de leurs amis. Alors tu devras en passer par une période probatoire. Il n'y en a qu'un dont je me méfie : Willy. Rien à lui reprocher, sauf je ne sais quoi de pas net, mais, comme il parle l'allemand, il peut nous être utile. Surveille-le discrètement. Si tu as des soupçons sérieux, n'hésite pas à me prévenir.

L'agent de liaison Pauline Monge avait la ponctualité d'un facteur des PTT, l'âme d'un chef et le sens de ses responsabilités. Sans s'imposer à personne, elle avait l'œil à tout, et rien ne lui échappait, intuition ou observation. Aussi loin que je remonte dans mes souvenirs, elle a toujours eu l'allure et le comportement d'un garçon manqué. L'avoir au quotidien près de moi me rassurait et me replongeait dans les remous de mes désirs. Depuis quelques années, je menais autour d'elle une cour de dindon, toujours à rechercher sa présence, la fraîcheur et la fermeté de sa peau sous ma main, à profiter de toutes les occasions de l'embrasser, sans que j'observe chez elle la moindre réticence, mais sans que j'ose pousser plus avant ces privautés.

Ce comportement n'avait pu lui échapper. Lorsque je me montrais avec elle plus familier qu'il n'eût convenu, elle me disait, en faisant, dans son langage, abstraction de la réserve disciplinaire :

— Tss... tss... Bas les pattes, mon Juju. Il y a un temps pour tout.

Je protestais :

— L'amour ne connaît pas d'horaire fixe. C'est bon pour les usagers des chemins de fer.

L'*amour*... Le mot était sorti de ma bouche sans que je l'eusse prémédité. J'en rougis. Comme nous étions seuls, elle me jeta un baiser au coin des lèvres en soupirant :

— Nous en reparlerons plus tard. Pour le moment, il ne faut songer qu'à ta mitraillette. Est-ce que tu en prends soin, au moins ?

Je protestai : je la démontais chaque soir, comme on déshabille une femme. Je lui faisais sa toilette, avec délicatesse.

Il me fallait bien en convenir : en matière de sentiment, j'occupais dans le cœur de ma compagne une place subalterne, pour ainsi dire dans les effectifs de réserve. J'en eus la confirmation peu de temps après mon incorporation.

Un soir, au retour d'un exercice de marche d'une dizaine de kilomètres à travers bois, je la surpris en compagnie du lieutenant Dutheil. Ils se tenaient assis sous un gros orme, yeux dans les yeux, mains dans les mains au creux de sa robe. J'en fus comme foudroyé. Pauline ne respectait pas les *horaires* dont nous avions parlé. Elle m'avait trahi.

Plutôt que de lui exprimer mon ressentiment, je choisis d'afficher mon mépris derrière un écran d'indifférence. Ravalant ma déception, je tentai de me convaincre que son choix était justifié : elle avait été sensible au prestige de l'uniforme et du grade, à l'autorité naturelle de Dutheil, plus qu'à mon allure de béjaune frais émoulu des Chantiers de Jeunesse et d'un atelier de menuiserie.

La réserve que je m'efforçai d'imposer à nos rapports l'incita-t-elle à se rapprocher de moi ? Toujours est-il que, dans les jours qui suivirent, elle m'adressa des regards chargés d'une perplexité que je prenais pour du remords, comme si la dérive des sentiments l'entraînait, avant la chute, vers des évolutions incontrôlables.

Elle m'aborda de front, le regard glacé, et me dit, d'un air empreint de gravité :

— Julien, parlons sérieusement ! Je te rappelle que tu n'as aucun droit sur moi, pas plus que je n'en ai sur toi. Pourtant je te dois une explication. Tu as surpris un moment d'intimité entre Dutheil et moi ? Soit. Et alors ? Ce que tu ne sais pas, c'est qu'il traverse une mauvaise passe. Il a pu échapper à la police de Vichy et aux Allemands, qui le surveillaient de près, mais sa femme, qui est juive, elle aussi, a été arrêtée, et il n'en a plus de nouvelles. Qu'il se confie à moi, en tout bien tout honneur, quoi de plus naturel ?

J'enlevai une brindille de foin qui pendait à ses cheveux et lui dis sottement :

— C'est dans le grenier à foin que tu le consoles ?

— Imbécile !

Elle me tourna le dos et ne m'adressa plus la parole de quelques jours, faisant même en sorte de m'éviter. J'aurais payé cher l'amère satisfaction de les prendre sur le fait, mais ils ne m'en donnèrent pas l'occasion. Dutheil s'était absenté pour une confrontation entre les chefs des FTP et de l'AS, à Altillac, dans les parages de Beaulieu-sur-Dordogne, en vue d'opérations communes ou synchronisées.

Au retour, Dutheil convoqua tous les postes à son QG de Virolles.

— Mes amis, nous dit-il, nous allons fêter le 11 Novembre au chef-lieu de canton, à Coursac. Il y aura une cérémonie au monument aux Morts, avec montée des couleurs, prise d'armes et défilé.

Vicente manifesta vivement son désaccord.

— C'est une opération dangereuse, mon lieutenant ! Nous avons mieux à faire qu'à nous baguenauder à Coursac pour en mettre plein la vue aux habitants... Si vous voulez mon avis, c'est de la poudre aux yeux !

Un autre de nos camarades, Joseph, lui fit écho.

— Quand les Chleus et les *milicos* apprendront cette provocation, ça risque de barder pour notre matricule. Déjà que nous sommes dans le colimateur...

Dutheil eut un mouvement d'impatience. Il nous rappela que, lors du 11 Novembre précédent, à Brive, la population avait manifesté en masse pour protester contre l'entrée des troupes allemandes en zone libre et dans la ville. Des gerbes avaient été déposées au monument de la Victoire. On avait chanté la *Marseillaise.* Une femme avait craché au visage du général von Lachaud, qui, se souvenant de ses origines françaises, avait renoncé aux représailles.

— Il n'est pas question, ajouta le chef, de revenir sur

cette décision. Je n'oblige personne à me suivre, mais, si vous vous décidez, il faudra soigner votre tenue. Je ne veux pas voir ces visages mal rasés de bagnards et ces tignasses mal peignées. Vous devrez marcher au pas durant le défilé et observer le garde-à-vous pour la cérémonie. Si j'en prends un à fumer, je le saque ! Nous ne sommes pas des soudards mais des guérilleros et des *dinamiteros* ! Qu'on se le dise...

La formule fit sensation. Un murmure d'approbation courut dans le groupe. Pauline m'adressa un sourire radieux, auquel je répondis par un hochement de tête. Nous retrouvions notre enthousiasme dans cette ambiance patriotique. A l'unisson, nous entonnâmes la *Marseillaise* et l'*Internationale.*

Dutheil avait tenu à faire au mieux pour la réussite de cette cérémonie. Notre groupe ne fut pas ridicule, loin de là.

La disparité et la pauvreté de nos tenues, qui ne méritaient pas le nom d'uniformes mais rappelaient celles des sans-culottes, émut la population. A part quelques exceptions, nous n'avions pas de pantalon ni de veste militaire. Les plus avantagés, dont j'étais, avaient gardé le pantalon vert et le blouson de cuir des Chantiers de Jeunesse. Certains portaient des socques, des espadrilles, des galoches ou des souliers de ville. Le béret voisinait avec la casquette. L'armement était moins disparate, un parachutage recueilli de concert avec l'AS nous ayant pourvus en mitraillettes Sten, grenades Mills et armes de poing à barillet, type Albion. Nous formions, somme toute, un corps franc

Ils sont venus, mes fantômes légers,
Ils ont erré comme des étrangers
Au jardin bleu, par un soir de tristesse...

— Par exemple ! m'écriai-je, vous avez retenu ce poème, alors que je l'ai oublié... C'est d'autant plus étrange que ce n'est pas un chef-d'œuvre, vous en conviendrez.

— J'ai une excellente mémoire, et tu n'as pas à rougir de ces vers. En revanche, je me rappelle que tu étais nul en maths.

— S'il n'y avait eu que les maths...

Il insista pour que je le tutoie, comme par le passé, mais j'eus du mal à lui donner satisfaction. Nous évoquâmes quelques silhouettes de profs, quelques anecdotes, le théâtre banal du secondaire. Nous aurions passé des heures, verre en main, à nous abandonner à cette résurgence de nostalgie, si le lieutenant Dutheil n'avait mis un terme à notre entretien.

— Les gars, la cérémonie est terminée ! Retour à vos cantonnements !

Roland me serra énergiquement la main.

— Heureux de t'avoir retrouvé, Julien. Lorsque ton service te laissera du temps libre, viens donc me rendre visite. A vélo, tu en as pour moins d'une heure. Tu y rencontreras des célébrités, notamment de la scène et de l'écran, que j'héberge. Pauline pourra te suivre. Elle et moi sommes de *vieux amis*.

Sur le chemin du retour, les postes composant le groupe V partirent en ordre dispersé, par mesure de sécurité. Tout en roulant à côté de moi, avec de petits écarts pour maintenir son équilibre, Pauline me parla de ceux qu'elle appelait les *gens de Castelfranc*. Ils formaient un compromis entre le phalanstère, le club mondain, le foyer de résistance, la cachette pour les Juifs et la maison de repos pour écrivains et artistes. C'est dire qu'il y passait beaucoup de monde et que cette demeure noble devait avoir une autre apparence : celle d'un hall de gare.

Elle me cita le nom de quelques-unes des *célébrités* dont m'avait parlé Roland et qui, pour la plupart, ne faisaient que passer : le dessinateur humoriste Jean Eyssel, les acteurs Pierre Brassier, Odette Bonheur, Maurice Broquier, Sylvia Combat, des écrivains comme Emmanuel Berl, son épouse, la chanteuse Mireille, Aragon, Malraux... Un gotha prestigieux pour cet humble coin de province.

— Certains, me dit Pauline, sont là à demeure, hébergés gratis et nourris grâce à la ferme du château. Ils préparent, chacun à sa manière, la libération. Les acteurs réalisent un spectacle dramatique qui racontera la guerre et l'Occupation en les transposant dans la Gaule romaine.

J'avais du mal à comprendre comment, à si peu de distance de la garnison allemande cantonnée au lycée de Brive, de la Gestapo, installée à l'hôtel Terminus, de la Milice et des GMR (Groupes mobiles de réserve), ce foyer de subversion, apparemment connu de tous, pouvait subsister.

— Ça, me répondit Pauline, c'est pour moi aussi un mystère. Il faut croire que le père de Roland, magnat de la presse, ancien ambassadeur et mari de l'écrivain

Colette, a le bras suffisamment long pour que les Boches tolèrent cette exception...

Elle se rendait de temps à autre au château, à bicyclette. Roland lui avait proposé un rôle dans la pièce dont il était l'auteur ; elle hésitait.

— Il faut me comprendre, me dit-elle. Entre le travail à la ferme et mes missions, je n'ai guère de temps libre. D'ailleurs, je n'ai aucun talent pour le théâtre. Tu me vois sur une scène, aux côtés de Pierre Brassier et d'Odette Bonheur ?

Placé sous l'autorité du lieutenant Dutheil, le groupe V donnait de la tablature aux Allemands et à la Milice.

La célébration du 11 Novembre n'aurait eu que l'apparence d'un défi si elle avait constitué un acte isolé et sans conséquence, mais, en d'autres endroits de la Corrèze – cette *Petite Russie*, disaient les Allemands –, des cérémonies identiques avaient eu lieu. Emoustillés par la réussite de ces opérations, les maquis AS et FTP redoublaient d'ardeur : sabotages et guets-apens se multipliaient.

Vicente m'initia au maniement du plastic pour la destruction des voies ferrées. J'y pris goût et, très vite, devins une sorte de spécialiste. Placer, au bon endroit du rail, le pain d'explosif venu par parachutage d'Angleterre avec la mention *Plastic Explosive*, y planter un détonateur, le *crayon anglais*, était un jeu d'enfant, et l'attente, un peu crispée, de la détonation, un moment d'émotion délectable. Nous guettions à distance, cachés dans les broussailles, l'arrivée des

Allemands de la *Bahnhof.* C'était un plaisir de les voir s'agiter, de les entendre s'égosiller :

— Terroristes ! *Schweinehunde !* Salopards !

Vicente avait une autre spécialité, plus dangereuse et moins gratifiante, dans laquelle il aurait aimé m'entraîner. Je ne m'en sentais pas le courage. Il partait à bicyclette pour Brive, vêtu comme un paysan, une musette sur le dos, et débusquait des collabos notoires, que l'on retrouvait au petit matin, la gorge tranchée.

Notre groupe, en particulier, avait mauvaise réputation auprès des autorités allemandes.

On en parlait en haut lieu comme d'un abcès à débrider d'urgence. Une chose était d'en manifester l'intention ; une autre d'entreprendre cette opération chirurgicale. L'ennemi, Wehrmacht et Milice, se hasardait de moins en moins souvent dans cette enclave, et toujours en force. Le colonel allemand en garnison à Brive laissait volontiers cette mission dangereuse à la Milice ou aux GMR ; ils s'en acquittaient avec prudence, car ces oiseaux de malheur laissaient des plumes à chaque accrochage.

Aussi peu belliqueux que je fusse, j'avoue qu'il me tardait de faire usage de ma Sten autrement qu'en tirant, au cours des exercices, sur des betteraves. En dépit de son naturel instable, de sa sensibilité inopportune, cette arme avait fini par me séduire. J'avais bloqué d'une languette de cuir le levier d'armement, au cas où elle me ferait un caprice...

Vicente m'avait prévenu dès le premier excercice :

— Fais gaffe, mon gars ! Dutheil a beau dire, cette arme, c'est faux jeton et compagnie. J'en avais une, au début. Jolie, élégante, légère, mais sensible comme une demoiselle. Je lui criais « feu ! » et le coup partait tout seul. Je l'ai bazardée à un bleu, qui s'en est amusé un moment avant d'y renoncer. Je préfère ça...

Ça, c'était un robuste pistolet Lama, qu'il avait rapporté d'Espagne. Il le portait à gauche, du côté du cœur et, à droite, le pistolet de Saint-Etienne qu'il avait pris à un gendarme. En mission, il emportait également, accrochées à sa ceinture, deux grenades anglaises Mills qu'il appelait ses *œufs de Pâques*.

— Une pour le mec d'en face et l'autre pour moi. Plutôt crever comme ça que dans une baignoire du Terminus, avec les gars de la Gestapo comme maîtres nageurs.

Le lieutenant Dutheil effectuait des séjours de plus en plus espacés et de moins en moins longs dans notre poste de Mazeyrat : une ferme en ruine, ouverte au vent et à la pluie. Chaque fois, il abandonnait provisoirement le commandement du groupe à Vicente, qui s'en acquittait à la satisfaction générale. Il me laissait, en quelque sorte, du fait qu'il venait moins souvent aux nouvelles, la voie libre pour tenter, en direction de Pauline, une offensive de charme. Je n'avais pu me libérer tout à fait de mes doutes quant à ses relations avec lui. J'avais tort.

Nous étions, elle et moi, dans la plénitude de notre jeunesse. En dépit des premiers assauts de l'hiver, le sang bouillonnait dans nos veines. J'avais beau me répéter que les temps n'étaient guère favorables à une idylle, je rêvais de plus en plus intensément de la coucher sur ma paillasse ou sur un tapis de feuilles mortes, entre deux rochers de la Vézère.

Que ceux qui n'ont pas eu vingt ans en 1943, au cœur de la guerre, me jettent la première pierre ! L'inquiétude du lendemain, la précarité de notre situation, le risque immanent étaient notre nourriture quotidienne. Loin de calmer les exigences de notre nature, ces conditions ne faisaient que les exacerber. Nous avions, si je puis dire, les condiments, mais pas le plat de résistance.

Ce fut Pauline qui, la première, prit conscience de l'absurdité de cet état de fait et de l'urgence qu'il y avait à y remédier.

De ses missions quasi quotidiennes, cet « Argus à bicyclette », comme disait Dutheil, revenait au Madelrieux rose de fatigue d'avoir affronté les rudes pentes du pays, et frémissante d'émotion lorsqu'elle avait été interceptée par un barrage, parfois fouillée par des mains équivoques.

Un soir de la fin novembre, Pauline revint au Madelrieux sous une bourrasque de pluie mêlée de neige, dont elle n'avait pu se protéger. Le lendemain, sa petite sœur, Luce, vint à Mazeyrat me prévenir qu'elle avait dû s'aliter avec une forte fièvre. Je jetai un imperméable sur mes épaules et courus la retrouver.

Je revenais d'une mission délicate et dangereuse de réquisition dans le bureau de tabac et la mairie d'une commune proche de Coursac, pour nous procurer de quoi fumer, des tickets d'alimentation et le nécessaire pour la confection de faux papiers. J'avais fait le guet avec Willy et deux camarades, tandis que Joseph et les autres opéraient à l'intérieur. Lorsque les gendarmes de Coursac étaient intervenus, l'affaire – c'est le cas de le dire – était dans le sac. Ils avaient fait mine de nous poursuivre mais nous avaient laissés prendre une bonne avance après un tir d'intimidation qui n'avait endommagé que le mur de l'église.

Pauline était rouge comme une écrevisse ébouillantée. J'embrassai son front fiévreux. Elle s'informa du résultat de l'opération, en réclama les détails que je lui fournis volontiers. A peine avais-je commencé mon récit, elle s'endormait, secouée de frissons, le visage baigné de sueur.

Le lendemain, le médecin de Valliergues, la commune voisine, diagnostiqua une grippe. Durant une semaine, chaque jour, je revins au chevet de Pauline. La maladie suivait son cours. Lorsque, quelques jours plus tard, elle réclama un bouillon de poule et du vin pour faire chabrol, je sus qu'elle était en bonne voie de guérison. Le lendemain, je l'aidai à faire ses premiers pas dans la chambre. A travers la fenêtre, elle jeta un long regard vers sa bicyclette rangée sous le hangar, et soupira :

— Julien, il va falloir que je reprenne la route. Nos gars ont besoin de moi. Quoi de neuf au bataillon ?

J'aimais qu'elle empruntât certains termes militaires au langage de Dutheil. C'était bon signe. Je lui parlai d'une opération de grande envergure que nous préparions contre un convoi de la Milice venant du Périgord pour renforcer les effectifs de la Corrèze. Tous les postes du groupe V devraient se retrouver sur les pentes dominant la route de Brive et le pont de Soularue, qui enjambe la Vézère à quatre kilomètres environ du Madelrieux.

— Il faudra que je sois présente, me dit-elle. L'opération aura lieu quand ?

— Au début de la semaine prochaine. Ça nous laisse quatre jours, le temps de bien nous préparer.

— D'ici là, je serai sur pied.

Elle se tourna vers moi, plaqua son corps contre le mien en murmurant :

— Mon petit Julien, j'ai bien réfléchi sur nous deux. Il faudra bien... il faudra bien que nous nous décidions à franchir le pas.

Je sentis ma gorge se bloquer, de sorte que j'eus du mal à répondre :

— Que veux-tu dire ?

Elle me martela la poitrine du plat de ses mains.

— Tu le sais bien, grand nigaud, tu le sais aussi bien que moi. Reviens ce soir, vers neuf heures. Il te suffira de pousser la fenêtre. Si tu savais les idées qui m'ont passé par la tête, alors que j'avais la fièvre... J'aurais honte de te les dire, mon chéri...

Je m'écartai d'elle, en proie à un vertige, les tempes bourdonnantes. Ce *mon chéri* faisait papillonner dans ma tête des ailes de lumière. *Mon chéri... mon chéri...*

— Julien, tu viendras ?

— Oui, Pauline, je viendrai.

Je me rendis à ce rendez-vous. Afin de me libérer, je demandai à un camarade de me remplacer pour la patrouille. Il faisait un temps noir, traversé de lourdes bouffées de vent glacé qui s'engouffraient dans le lit de la Vézère comme dans un couloir. Il me semble aujourd'hui que les moindres détails de cette soirée resteront accrochés à ma mémoire, comme les chardons des champs, jusqu'à la fin de mes jours.

Je la pris sans un mot, molle et encore fiévreuse, dans l'ombre de sa chambre. Sa sueur sentait la tisane de thym et la baie de genièvre. Nous restâmes accrochés l'un à l'autre comme au fond d'un gouffre, jusqu'aux premières lueurs grises du matin. Pour me donner le signal du départ, elle gratta mon dos avec ses ongles.

En retournant à Mazeyrat par les chemins de l'aube, je me disais que ma vie venait de prendre un tour nouveau, s'épanouir comme un bourgeon qui se débride brusquement après l'hiver. L'amour... la guerre... Jamais cette dualité, banale à force d'avoir été ressassée, ne m'était apparue avec plus d'intensité.

2

L'EMBUSCADE

Un froid matin de décembre, à la date et à l'heure fixées par le lieutenant, en accord avec son petit état-major de campagne, nous avons pris position sur la pente dominant le pont de Soularue, au milieu des blocs de roche qui la hérissent. Tous étaient présents, sauf Pauline : elle n'avait rien à y faire et, de plus, n'était pas en état de nous suivre. Nous avions eu du mal à la convaincre de rester tranquille au Madelrieux.

Il pleuviotait dans le grand silence de la vallée, quand des bruits de moteurs nous mirent en alerte. Vicente, qui se tenait en arrière et sondait le plus lointain virage de la route avec mes vieilles jumelles, poussa un juron :

— Merde ! En fait d'un convoi de *milicos*, c'est une colonne blindée allemande qui nous tombe dessus. Les gars, ça risque de changer le programme !

Il envoya Joseph demander au lieutenant ce qu'il convenait de faire : attaquer ou se retirer.

— Donne-lui mon avis : c'est qu'il vaut mieux décrocher. En fait d'embuscade, c'est nous qui sommes marron.

Il ajouta en se rapprochant de nous :

— Les gars, ça sent la magouille. Quelqu'un du groupe a cafté.

Joseph revint quelques minutes plus tard avec des consignes : ne pas bouger, ne riposter qu'en cas d'attaque, puis se retirer sur les postes. Il devenait de plus en plus évident que nous avions été trahis. Par qui ? Quelqu'un de notre poste ou d'un autre du groupe V ? Je pensai à Willy. Il devait se trouver à nos côtés ; il n'y était pas.

— Riposter ! bougonnait Vicente. C'est pas avec des mitraillettes et des grenades que nous pourrons faire beaucoup de dégâts. Faudrait des bazookas, des mortiers, des armes lourdes. Tout ça, les gars, c'est chez les bons copains de l'AS !

Il ajouta en reprenant mes jumelles :

— Putain ! nous voilà frais... Les Fritz ont des automitrailleuses ! On va se faire arroser.

Il regarda autour de lui pour faire un recensement bref de ses effectifs et jura de nouveau :

— Nom de Dieu, il manque Willy ! Où qu'il est passé, ce con ? Willy ! Willy !

— Inutile de l'appeler, dis-je. Il a fichu le camp. Si tu veux mon avis, il doit être loin. C'est lui le traître, j'en mettrais ma main au feu.

— Il a quitté son poste, ajouta Joseph, soi-disant pour aller pisser. Je l'ai pas vu revenir.

Je sentis mon sang se figer lorsque je vis la première automitrailleuse, une 234 Puma à huit roues, s'engager sur le pont avec une lenteur hallucinante, avant de prendre la direction de Coursac par la route que nous avions choisie pour l'embuscade. Elle était suivie de deux camions garnis de soldats. Une autre Puma fermait la colonne. Arrivé à notre hauteur, le convoi ralentit pour se ranger à la base de la colline. Sur un coup de sifflet, dans un déluge d'ordres qui claquaient sec, puis des bordées de vociférations, les *Feldgrau* sautèrent sur la route, mitraillette sur la poitrine, et installèrent mortiers et mitrailleuses lourdes en plusieurs points.

— Bougez pas, les gars ! s'écria Vicente. Planquez-vous derrière les rochers. Tirez seulement quand ils commenceront l'assaut. On va être sérieusement arrosés. Faudra...

Un crépitement infernal couvrit sa voix, mais nous avions saisi l'essentiel de ses ordres. Je me tapis, en compagnie de quelques camarades, derrière l'énorme bloc de granit où nous avions pris position. A chaque rafale tirée dans notre direction, le sommet se crêtait de fumerolles et une pluie de débris tombait sur nous.

Le premier tir destiné à neutraliser notre résistance s'interrompit pour faire place aux attaquants. Ils commencèrent à escalader la pente abrupte en hurlant et en tirant des salves au jugé.

A première vue, ils pouvaient être, sur notre modeste ligne de feu, une cinquantaine, mais d'autres devaient rester en réserve dans le second camion. En principe, nos effectifs étaient comparables, et dans une position favorable, mais sans l'armement qui eût été nécessaire pour repousser un assaut de cette envergure. Nos grenades lancées contre les véhicules faisaient un beau feu d'artifice, mais peu de dégâts. Seul le camion avait pris feu, mais il était vide.

— Décrochez ! hurla Vicente. Feu à volonté !

Il se porta en avant, son Lama dans une main, et, dans l'autre, la mitraillette américaine dont il avait hérité quelques jours avant. A l'abri d'un châtaignier, il arrosa la pente de quelques salves, puis, se mettant imprudemment à découvert, s'écria :

— Approchez, salauds de Boches ! Vous ne nous aurez pas !

Et, se tournant vers nous :

— Décrochez, nom de Dieu ! Je vous couvre !

J'avançai de quelques pas vers lui et, prenant sa place derrière le châtaignier, tirai des salves en direction d'un groupe d'une dizaine d'assaillants. Deux d'entre eux roulèrent sur la pente en lâchant leur arme, jusqu'au rideau de noisetiers bordant le ravin.

J'avais la tête balayée par un vent d'héroïsme qui m'incitait à l'imprudence. Une brûlure à l'épaule et une chaleur de sang entre ma chair et ma chemise me firent comprendre que j'avais intérêt à décrocher. Je ne m'y décidai que lorsque j'entendis Vicente pousser un juron, que je le vis lâcher ses armes et tomber sur les genoux.

Quelques camarades, les uns immobiles et muets, les autres blessés et geignant, gisaient sur un lit de feuilles mortes. Certains se relevaient avec peine, réclamaient le secours que nous étions impuissants à leur fournir, vacillaient, s'écroulaient de nouveau. Je songeai à cesser de tirer pour leur venir en aide, mais je me dis que mon sacrifice eût été dangereux et inutile : j'aurais été, en même temps qu'eux, fusillé sur place ou embarqué pour le Terminus de Brive, et livré à la Gestapo.

Des heures qui suivirent le combat, je ne garderai qu'un souvenir confus : un brouillon de sensations fugaces et désordonnées.

Regagner notre cantonnement eût été de la dernière imprudence. Les Allemands, selon leur habitude, allaient pénétrer dans la vallée, investir chaque hameau, chaque ferme isolée, faire table rase de toute résistance, prendre des otages, se venger de leurs pertes en massacrant la population jugée complice et brûler les maisons.

Accompagné de quatre rescapés du poste de Mazeyrat, je marchais jusqu'à l'épuisement, sans but et sans projet. Nous trouvâmes un refuge à peu près sûr au milieu d'une futaie de châtaigniers, dans un abri sous roche, au front orné de pendeloques de glace. En ôtant mon blouson et ma chemise, je constatai que ma blessure était bénigne, la balle n'avait fait que traverser le haut de l'épaule. J'appliquai mon mouchoir sur la plaie et attachai ce pansement de fortune avec les lacets de mes godillots.

Il suffisait d'avancer de quelques pas pour découvrir dans toute son ampleur le cirque du Madelrieux, lieu du drame qui s'annonçait. Je constatai avec stupeur que deux automitrailleuses, flanquées d'une dizaine de fantassins, avaient investi la ferme des Monge, alors que notre poste de Mazeyrat et la demeure de mon oncle semblaient avoir échappé aux investigations. Il en montait des crépitements d'armes automatiques, des hurlements, les meuglements du bétail affolé et des lueurs d'incendie qui, dans la nuit proche, prenant une ampleur hallucinante et se propageant sur les pentes, éclairaient sourdement les nuages accrochés au-dessus des collines.

Mon cœur se serra lorsque je songeai à Pauline et à sa famille. J'en venais à regretter qu'elle n'eût pas été des nôtres au pont de Soularue, mais le chef, de toute manière, eût écarté sa présence. Tous les bâtiments de la ferme étaient la proie des flammes, sauf un séchoir à châtaignes, le *séchadou*, qui se trouvait un peu à l'écart, au fond de la cour. Les soldats avaient même incendié l'étable et la porcherie sans en libérer les animaux.

Ce qui m'inquiétait plus que le sinistre, c'étaient les coups de feu qui éclataient de-ci de-là. Sur qui, sur quoi ces sauvages s'acharnaient-ils ? Je tentai vainement de chasser l'image qui s'imposait à moi : Pauline, sa petite sœur, Luce, toute la famille, passées par les armes, étendues au milieu de la cour, dans une boue sanglante... L'ennemi ne s'était pas fortuitement attaché à cette ferme en particulier : elle avait dû leur être signalée comme un repaire de complices des *terroristes*. Par qui ? Comment ne pas penser à Willy ?

— Willy... dis-je à mes camarades. Savez-vous ce qu'il est devenu ?

Joseph avait constaté son départ. Claude aussi l'avait vu s'éloigner, se dissimuler derrière un arbre, *comme pour pisser*. Personne ne l'avait vu revenir. Il était trop tard pour s'en inquiéter et partir à sa recherche. Pierre fit écho à mes soupçons :

— C'est lui qui nous a vendus. Si je le retrouve, ce salaud...

Des bribes de souvenirs me revinrent à la mémoire.

Willy s'absentait fréquemment de Mazeyrat pour se rendre à une auberge située en amont de la Vézère, à deux kilomètres environ de ce poste, dans le village de Valliergues. Je l'y avais rencontré à plusieurs reprises et avais pu constater qu'il jouissait des faveurs de la servante, une jeune et jolie Espagnole qui se faisait appeler Carmen, ce qui ne témoignait pas d'une riche imagination. Ce qui m'avait de même intrigué, c'est qu'une ou deux fois par semaine, cette fille, qui n'avait pas les yeux dans sa poche et posait trop de questions à mon goût, prenait le car de Brive. Pour y trafiquer du marché noir, y faire des emplettes, voir sa famille ? Je n'allais pas tarder à apprendre que sa famille d'adoption résidait au Terminus...

Joseph résuma la situation par une de ces réflexions à l'emporte-pièce dont il avait le secret :

— Les gars, nous sommes tombés dans un piège à cons...

Nous n'avons pas bougé de la nuit, dormant à demi et nous relayant pour monter la garde. Précaution superflue : ses méfaits accomplis, le détachement de la Wehrmacht avait décampé. Il ne semblait pas avoir sévi dans la ferme de mon oncle, pas plus que dans celles des environs. En revanche, de notre refuge de Mazeyrat, où il avait fait une incursion dans la nuit, il ne restait que des murs calcinés et le cadavre du chien qu'un des nôtres avait adopté.

— Allons voir ce qui s'est passé au Madelrieux, dis-je. Je crains le pire. Soyons prudents. Il se peut que les Boches y aient laissé un détachement. Vous avez tous gardé vos armes ? Il faudra les avoir bien en main et marcher en ordre dispersé.

De la vaste demeure et de ses bâtiments annexes ne demeuraient que des squelettes de murs d'où montaient, avec une fumée grasse et noire, des odeurs écœurantes d'animaux brûlés. Sous la pluie fine, le pailler était encore en combustion.

Le premier cadavre auquel nous nous sommes heurtés était celui d'une vieille chienne qui n'avait pas eu le temps de fuir. Les corps des habitants n'étaient pas loin : celui du père Monge et de son jeune fils, un garçon de seize ans, que les soldats avaient jetés sur le fumier, la tête fracassée, et qui, yeux et bouche ouvertes, semblaient sourire. Mme Monge gisait dans la cuisine, sous un amas de poutres, le corps à demi consumé.

J'ai appelé Pauline et Luce, avant de faire le tour de la ruine, sans découvrir la moindre trace de leur présence. Sur l'emplacement du hangar, une roue de bicyclette dépassait d'un monceau de cendres fumantes.

— De deux choses l'une, dit Pierre : ou elles ont foutu le camp avant l'arrivée des Boches, ou ils les ont embarquées. A moins... à moins qu'elles n'aient brûlé dans la maison, ou dans l'étable, avec le bétail...

J'ai pénétré avec précaution dans ce qui restait de la demeure. Malgré le froid du petit matin, il y régnait une chaleur de fournaise. Je n'y découvris d'autre cadavre que celui de la mère. Je ne m'aventurai pas plus avant : des poutres cédaient et des tuiles dégringolaient du toit éventré.

Le désespoir au cœur, je suis monté jusque chez mon oncle. Il était en train de fumer sa première cigarette dans le *cantou*, le visage marqué d'un coup de crosse, indemne mais dans un état second. Ayant mal supporté l'instrusion des soudards qui avaient fouillé la maison de fond en comble, Amélie s'était alitée. Malade du cœur, elle avait frisé la syncope lorsque les brutes avaient molesté son mari.

— Les Allemands ne se sont pas contentés de brûler la ferme, dis-je à mon oncle. Ils ont massacré la famille, sauf les deux filles. Je n'ai pas trouvé trace d'elles.

— Je ne les ai pas vues, moi non plus. Si elles étaient venues, je les aurais cachées. Pauvres petites...

Il a essuyé une larme d'un revers de poignet avant de poursuivre :

— Si tu veux manger quelque chose, tu sais où le trouver, j'ai pas besoin de te le dire. Il reste du café d'hier...

J'avalai une tasse, taillai dans la tourte de quoi apaiser la faim de mes camarades, emportai une bouteille de vin et une de gnôle. Ils m'attendaient au Madelrieux, où ils avaient commencé à creuser une fosse pour enfouir les cadavres.

— Les gens de Valliergues s'en chargeront, dis-je. Ils ne vont pas tarder à arriver, le maire en tête, avec les gendarmes et peut-être les Boches. Nous allons nous séparer. Le mieux que vous ayez à faire est de rejoindre les maquis de Beaulieu. Ils sont de l'AS, mais nous ne pouvons pas nous permettre de faire des manières. A tout hasard, passez par Goursac. Le maire est de notre bord. Il vous donnera peut-être des nouvelles de Dutheil et de ses hommes.

— Et toi ? me demanda Pierre.

— Moi, je reste...

Je suis resté une semaine dans les parages.

Depuis la ferme de mon oncle, j'ai assisté à l'enlèvement des cadavres, qu'une charrette a emportés au cimetière de Valliergues. Quelques miliciens étaient présents. Avant de partir, ils ont tiré des coups de feu en l'air, pour s'amuser. Ces vautours avaient pillé la cave du père Monge, préservée de l'incendie.

Lorsqu'ils furent partis, je suis redescendu, me suis aménagé un abri dans le *séchadou*, et j'ai pris mon mal en patience. Durant des jours, je suis resté à attendre je ne savais quoi, ne retournant aux Mazières qu'à la tombée de la nuit, gelé jusqu'à la moelle, la faim au ventre, la tête lourde d'angoisse lancinante. J'avais cessé d'espérer un miracle, mais rien n'aurait pu me déloger : quelque chose me disait que Pauline et Luce étaient encore en vie. Eussent-elles succombé, je l'aurais appris par un écho venu du plus profond de mes fibres.

Pierre m'a rejoint le lendemain du drame, avec des nouvelles qui ajoutèrent à ma peine : du groupe V des FTP il ne demeurait que des éléments désemparés, dispersés dans d'autres groupes de partisans, ou incorporés dans l'Armée secrète ; les assaillants avaient compté une dizaine de morts et autant de blessés, mais nos pertes étaient supérieures... Ce qui m'a touché plus que tout, c'étaient la mort au combat de Vicente et celle du lieutenant Dutheil, capturé et fusillé sur-le-champ. De Willy, pas de nouvelles, mais, à vrai dire, nous doutions fort qu'il revienne sur les lieux de son forfait. Carmen avait de même disparu, à ce que me dit le facteur de Valliergues, venu porter le journal quotidien aux Mazières. Etrange coïncidence... J'imagine que Willy devait parader dans l'uniforme de la Milice, prêt à commettre d'autres crimes.

Ce drame me laissait un goût d'amertume et des idées de vengeance. Je n'avais jamais haï une personne au point de vouloir sa mort. Cette pulsion, je ne l'avais ressentie qu'une fois : au pont de Soularue, lorsque les Allemands nous avaient attaqués, mais j'avais le sentiment qu'un autre personnage, une sorte de double indépendant, faisait feu à ma place. Elle me relançait lorsque je songeais à la trahison de Willy, à la flaccidité de son visage, à sa poignée de main moite, à son regard trouble. Aucune substitution de personnalité ne m'aurait été nécessaire pour l'abattre. Aucune indulgence pour les traîtres.

J'avais pris soin, au lendemain de la tragédie, de donner de mes nouvelles à mes parents, dans une lettre écrite par l'oncle et remise au facteur. Je leur faisais annoncer ma prochaine visite, mais j'hésitais encore à quitter ces lieux où un pan de ma vie venait de s'écrouler.

Je me résolus à quitter les Mazières sur la fin du mois de novembre. L'autobus qui s'arrêtait à Valliergues portait un nom qui aurait pu prêter à confusion : la STAPO (Société de transports autonomes corréziens du Paris-Orléans). Je débarquai à Brive avec les vêtements que je portais pendant mes vacances et qui m'étaient un peu justes, ce qui me permit de passer inaperçu. J'avais rempli ma musette de quelques produits offerts par l'oncle André.

Mon absence du domicile familial n'avait causé aucun préjudice à mes parents, la plupart des jeunes, invités par les autorités allemandes à des vacances gratuites sur la côte atlantique, ayant choisi la liberté. Toute perquisition, tout interrogatoire eussent été vains. Mon père s'était contenté de renvoyer ma convocation à la préfecture, avec la mention : « Absent de son domicile ».

Je ne m'attardai que quelques jours en ville. A plusieurs reprises, je me rendis au bar de l'hôtel de l'Etoile, qui, au pied du grand escalier menant au parvis de la gare, faisait face au Terminus, où flottait l'étendard rouge à croix gammée. Je restais là une heure ou deux, à surveiller les allées et venues, espérant, contre toute logique, apercevoir Pauline et sa sœur.

J'en eus un semblant de nouvelles par un ami de mon père, René Juge, un résistant de la première heure : il pensait qu'elles avaient été capturées par les Allemands et remises à la Gestapo. Information sans fondement et sans suite. Il me laissait peu d'espoir de les retrouver, à moins que...

— ... à moins que le châtelain de Castelfranc, Roland de Jonvelle, ne soit intervenu auprès des autorités d'occupation pour les faire libérer, mais j'en doute. La Gestapo ne lâche pas facilement ses proies. C'est plutôt avec certains officiers de la Wehrmacht qu'il a des contacts qui nous sont utiles.

Je n'ignorais pas les liens étroits qui unissaient la famille Monge au châtelain. Le régisseur du domaine effectuait, avant la guerre, de fréquentes visites au Madelrieux, pour s'y procurer du bétail, souvent primé dans les comices. Il était né de ce négoce des liens d'amitié.

— Julien, ajouta Juge, le mieux que je puisse te conseiller, c'est d'aller faire un tour au château. Je suppose que tu es pourvu de faux papiers ?

J'avais, imprudemment, malgré les conseils de Dutheil, négligé de m'en faire établir. Il m'en procura rapidement, car c'était un homme plein de ressources. Julien Duvert devint Germain Verlhac. Juge joignit à ces documents un certificat signé d'un médecin de ses amis, attestant d'un asthme chronique m'ayant exempté du travail obligatoire.

Avant de gagner Castelfranc, je rendis visite aux Mazières pour prendre des nouvelles des deux vieux et leur demander si, par miracle, les disparues avaient refait surface. L'oncle m'enleva mes derniers espoirs et me conseilla d'oublier ce drame.

— Qu'as-tu décidé ? me dit-il. De reprendre du service dans le maquis ? D'attendre la fin de la guerre dans ta maison de vigne ? Tu es ici chez toi, tu le sais.

— Que déciderais-tu à ma place ?

— Je reprendrais les armes et je rejoindrais les partisans : ceux de Beaulieu, qui sont dirigés par des officiers d'active et font du bon travail. J'écoute la BBC tous les jours. Elle annonce que les Boches sont aux abois et que la guerre pourrait bien finir d'ici un an. Il y aura sans doute un débarquement dans les mois qui viennent. Il entraînera un soulèvement général de la Résistance. Il serait bon que tu y participes...

C'était un sage conseil. Je lui promis d'en faire mon profit, mais, auparavant, j'avais une autre mission à accomplir : en finir avec mes recherches avant de tirer le rideau. Mon intention de me rendre à Castelfranc le laissait perplexe :

— Ce sont de drôles de gens, Julien. Un milieu suspect. Tous ces aristos, ces artistes qui se disent résistants et font ami-ami avec les Boches, moi, ça me dit rien qui vaille. Si, par miracle, tu y retrouvais Pauline et Luce, il faudra les ramener ici. Je prendrai soin d'elles en attendant des jours meilleurs. Après, je suppose qu'elles partiront pour Toulouse, où elles ont de la famille. M'étonnerait qu'elles veuillent rester au Madelrieux. Qu'est-ce que ces deux orphelines feraient dans ces ruines ? Si seulement il leur restait le bétail... Mais tu sais ce que les Boches en ont fait. Ces sauvages...

— Pour ton Verney-Carron, je regrette... Je sais que tu y tenais beaucoup.

— Bah... aucune importance. A mon âge, la chasse a cessé de m'intéresser. Je crois même que je répugnerais à tirer un lapin ou une bécasse. Tu vois comme on devient, en vieillissant...

3

UN CHÂTEAU EN HIVER

Castelfranc n'était distant des Mazières que d'une vingtaine de kilomètres. Je m'y rendis à pied, par des itinéraires détournés.

Il faisait un temps cru, pur comme du cristal de roche, qui sentait la neige. Elle était tapie à l'horizon, derrière une barre de nuages violâtres. La campagne de décembre baignait dans un silence de banquise troublé par des nuées de corbeaux s'abattant sur les labours.

Ce castelet à allure de gentilhommière se dresse sur une butte, au milieu de dizaines d'hectares de prairies étales, qu'une récente crue de la Vézère avait en partie noyées en y laissant des lacs de boue. Cette belle demeure n'a pas d'âge, ou plutôt il semble que son architecture composite se soit nourrie de tous les âges et de tous les styles, sans compromettre l'harmonie de l'ensemble. Depuis les origines, chaque époque y a posé sa pierre de grès rose, quelques détails d'ornement spécifiques et des fantaisies décoratives qui lui ont ôté, peu à peu, son allure féodale.

On aurait pu s'attendre à trouver là quelque gros propriétaire terrien enrichi dans l'élevage, dont l'épouse jouait du piano et les enfants fréquentaient un pensionnat religieux. Cette résidence seigneuriale vivait de la ruralité ambiante : la ferme opulente rayonnait sur des étendues plates comme la main et possédait le plus riche cheptel du canton.

Les châtelains qui l'occupaient alors venaient d'ailleurs : ils tiraient leur prestige d'une noblesse à croisades et l'essentiel de leur richesse du lait et du fromage.

Les Jonvelle avaient pris possession de ce domaine au début du siècle pour y transplanter un arbre généalogique qui avait de la branche mais dont les racines réclamaient un sol fertile. On avait fini par croire, dans la région, que cette famille était là de toute éternité.

En trois vers, le poète Louis Aragon résuma ses vacances à Castelfranc au début de l'Occupation :

J'ai bu l'été comme un vin doux
Et j'ai passé tout le mois d'août
Dans un château rose en Corrèze...

Avant de me rendre au château, je passai par la ferme située au pied de la motte féodale, à l'heure de la traite. J'y retrouvai avec plaisir l'atmosphère de l'étable, l'odeur familière de la bouse, du lait frais, et cette tiédeur animale qui semble suinter des murs et monter de la paille fraîche. Cette émotion me rappela celle que j'éprouvais dans l'étable du Madelrieux, quand j'aidais Pauline à traire ses vaches.

Je m'approchai d'un homme en train d'opérer, mal rasé, sa tête coiffée d'un vieux chapeau d'un vert pisseux appuyée contre le flanc de l'animal.

— Je souhaite rencontrer monsieur de Jonvelle, dis-je poliment en ôtant mon béret. Savez-vous s'il est au château ?

— Il n'y est pas, mais vous pourrez l'y trouver dans une heure. Pour le moment, il est occupé à la traite.

Il fit tinter quelques jets puissants contre les parois du seau avant de se redresser, son *banchou* à trois pieds attaché à ses fesses par une courroie de cuir. J'avais devant moi le baron Roland de Jonvelle en personne.

— Toi ! fit-il. Eh bien, pour une surprise... J'ai appris que tu étais au pont de Soularue, pendant l'attaque des Allemands, mais j'ai été vite rassuré en apprenant que tu ne figurais pas sur la liste des victimes. En revanche, ce pauvre Dutheil... C'était un ami, un brave garçon, et je le regrette, mais comment a-t-il pu se laisser berner à ce point ? Cette affaire était cousue de fil blanc.

Pendant qu'il me parlait, je sentais fondre en moi tout ce qui me restait d'espoir de retrouver Pauline et sa sœur. Je bredouillai :

— On connaît son nom : Willy. Si je le trouve, son compte est bon.

— Tu n'auras pas à te donner cette peine. Il s'est fait descendre la semaine passée par un des vôtres, alors qu'il était en mission au sud de Brive.

Il ajouta d'un air de parfaite indifférence, avec un sourire en coin :

— Qu'est-ce qui t'amène, Julien ?

— Je suis à la recherche de Pauline et de Luce. Tu as sans doute appris que la ferme du Madelrieux a été incendiée et ses occupants massacrés. Je les ai cherchées partout. Je les cherche encore. Alors j'ai pensé que, peut-être, tu pourrais m'en donner des nouvelles.

Il me tapa sur l'épaule et lança :

— Pauline ! Tu as de la visite...

J'aurais aimé, comme Roland, avoir un tabouret de traite attaché au derrière pour m'y laisser choir, jambes coupées. Je m'adossai au cul d'une vache, des remous de joie plein la tête. Entendre prononcer ce nom, c'eétait comme si, soudain, on venait de m'envoyer une corde au fond d'un puits. Accroché à cette sauvegarde virtuelle, je répondis en criant son nom.

Nous aurions pu, pendant une heure, sans nous lasser, n'échanger que des « Pauline » et des « Julien ». Ce nom que je murmurais, j'avais envie de le hurler, de le chanter comme sur un air d'opéra, de me l'arracher de la gorge avec les graviers d'émotion qui l'encombraient.

— Pauline, fini pour ce soir, dit Roland. Tu as quartier libre. Je suppose que vous avez tous les deux des choses à vous raconter. Change-toi et fais un brin de toilette. Vous vous retrouverez au château.

Dans la tempête qui m'agitait l'esprit et le cœur, ce ton désinvolte me paraissait incongru, mais je me gardai de lui en faire la remarque : il venait, en quelques mots, de redonner un sens à ma vie.

Lorsque Pauline se fut éloignée, il me dit en me prenant le bras :

— Il ne faudra pas t'étonner si elle et sa sœur te paraissent un peu... bizarres. Après le drame qu'elles ont vécu, c'est normal. On le serait à moins. J'ai eu du mal à les arracher à la Gestapo !

— Ce qui m'intrigue surtout, c'est que Pauline ne m'ait pas donné signe de vie. Elle aurait pu prendre des nouvelles chez mon oncle des Mazières, qui est son voisin, ou même auprès de mes parents. Je ne comprends pas. Je...

— Ne te pose pas trop de questions. Pauline était traumatisée. Elle était persuadée que tu avais été tué dans l'embuscade, bien qu'on n'ait pas retrouvé ton corps, ou embarqué pour le Terminus. Son premier réflexe, une fois libérée, a été de prendre sa sœur par la main et de venir me demander asile. Si tu les avais vues... Des spectres ! J'ai eu du mal à leur faire raconter le drame qu'elles avaient vécu. Elles sont restées une semaine dans leur chambre, à dormir, à surveiller les environs de leur fenêtre. Au début, elles refusaient toute nourriture et se réveillaient la nuit en hurlant. J'ai craint qu'elles ne deviennent folles. Ce n'est que depuis une semaine qu'elles ont retrouvé un peu de sérénité. Alors, je t'en prie, ne sois pas trop sévère, et rassure-toi : ici, vous êtes à l'abri. Tu pourras rester le temps que tu voudras...

Il ajouta :

— Tu dois avoir faim, après cette longue marche. Passe aux cuisines et dis à Toinette de te faire manger. Et puis repose-toi. Moi, j'ai encore quelques vaches à traire, et si je comptais sur mes pensionnaires...

Je n'avais rien de plus pressé que de retrouver Pauline.

Sa toilette terminée, vêtue d'une robe à fleurs toute simple, elle m'attendait dans le salon, assise au coin de la cheminée, la tête renversée contre le dossier, les mains sagement croisées au creux des genoux. Elle avait maigri, ce qui l'avantageait, car elle avait tendance à prendre des formes généreuses. Luce, agenouillée sur un tapis, à ses pieds, jouait au Mécano avec un gamin de son âge ; elle paraissait avoir moins pâti que son aînée de leur nouvelle condition d'orphelines.

— Il faut me pardonner, me dit-elle d'une voix brisée, si je n'ai pas cherché à te retrouver tout de suite après les événements. J'étais... j'étais... J'ai cru que...

Elle posa ses mains sur son visage pour cacher ses larmes. Je la rassurai et la consolai :

— Pour être pardonnée, il faut avoir commis une faute, ma Pauline. Ce n'est pas ton cas, je le sais. Tu as pu croire que j'avais été tué ou fusillé dans la bataille du pont de Soularue. Moi, je t'ai cherchée, parce que j'avais le pressentiment que Luce et toi étiez encore en vie, que je devais faire preuve d'obstination et de patience. M'aurait-on affirmé que vous aviez été tuées, je ne l'aurais pas cru.

Je m'assis sur l'accoudoir du fauteuil, posai un bras autour de ses épaules. A ce geste un peu brusque, elle ne put réprimer un sursaut.

— Désolée... dit-elle. Je ne supporte plus qu'on me touche, mais, avec toi, je me réhabituerai sans peine. Je t'aime, mon Julien, tu le sais. Alors, sois indulgent avec moi.

Elle posa une main brûlante sur mon genou et m'interrogea sur ce qu'on avait fait des cadavres de ses parents et de son frère. Je lui dis ce que j'avais appris de mon oncle : la présence du maire de Valliergues, d'un détachement de miliciens, de la population, des femmes surtout... Il n'y avait pas eu d'office religieux, la famille Monge étant d'obédience communiste.

Elle me confia d'un air têtu, comme si elle proférait un défi, qu'elle reviendrait au Madelrieux, que pas une seconde l'idée ne lui était venue d'y renoncer.

— C'est mon domaine, c'est ma terre, tu comprends, Julien ? Je reconstruirai la maison, j'achèterai un nouveau troupeau... Mon père avait de l'argent et des titres à la banque, et mon oncle de Toulouse, qui est médecin, m'aidera. En quelques années, tout sera comme avant.

Elle caressa d'une main la tête de sa sœur. Luce lui sourit.

— Vraiment, Pauline ? *Comme avant ?* Le crois-tu vraiment ?

— Excuse-moi, Julien, si je dis des sottises. Rien ne pourra être comme avant, mais ce pourrait être un autre genre de vie, dans un nouveau décor. En fait, je ne sais pas. Je ne sais plus rien. C'est comme si je voulais mettre le couvert sur une table, sachant qu'il n'y aura rien à manger...

— Tu pourrais aller vivre avec Luce, chez ton oncle de Toulouse, t'y installer. Tu pourrais...

Elle écarta d'un geste cette proposition à laquelle, moi-même, j'avais du mal à croire. Sa réponse fut celle que j'attendais : elle détestait la grande ville. Alors, Toulouse...

Je constatai en revanche, avec un sentiment d'amertume, qu'elle semblait m'avoir exclu de son avenir, alors qu'elle tenait, par la pensée, une grande place dans ma vie future. Comptais-je si peu pour elle qu'elle pût envisager la fin de nos rapports, la guerre terminée ? Elle ne chercha pas non plus à savoir ce que j'allais devenir, comme si, déjà, nos destins se séparaient, ni comment s'était passé, dans le détail, le guet-apens du pont de Soularue. Elle s'était refermée sur elle-même, comme dans une coquille d'indifférence qui ne paraissait rien devoir à un sentiment de haine et de vindicte, ce qui ne lui ressemblait pas.

Pouvais-je lui en vouloir ? Elle avait tout perdu et moi, pour ainsi dire, rien, exception faite de quelques camarades du maquis. Je lui demandai comment elle vivait son exil douillet à Castelfranc. Elle haussa les épaules, achoppa sur le mot *vivre*, qui parut la déconcerter.

— Vivre ? vivre... J'ai l'impression d'être transplantée dans un autre monde. Sans la présence et l'amitié de Roland, je serais morte de chagrin. Passer, en quelques jours, de l'enfer au paradis, avait de quoi me déranger l'esprit.

Elle me rappela une de nos lectures de vacances d'avant-guerre, à l'ombre du figuier du *couderc*, au milieu de la volaille et des porcs : le roman d'Alain-Fournier, *Le Grand Meaulnes*. La fête au château, l'intrusion brutale du rêve dans la banalité quotidienne... Elle avait parfois l'impression d'être devenue, brusquement, un des personnages de ce livre.

Elle repoussa du pied un élément du Mécano, que Luce paraissait chercher. Changeant de sujet, elle me dit :

— Ce gamin qui joue avec Luce, tu seras surpris d'apprendre qu'il a un père et une mère célèbres : les comédiens Pierre Brassier et Odette Bonheur. Il s'appelle Claude. Il a toujours la morve au nez, mais il semble avoir déjà le théâtre dans le sang. Je leur sers de préceptrice. Roland a jugé prudent de ne pas leur faire fréquenter l'école du bourg. Tu comprends pourquoi...

Elle me parla de même des deux hommes en train de fumer et de plaisanter dans le petit salon.

— Eux aussi sont célèbres. Le petit, c'est Maurice Broquier. Il est à la fois acteur de cinéma et musicien. Les récitals de violoncelle qu'il nous donne dans l'intimité, une fois ou deux par semaine, sont un régal. Et, pour les pitreries, il n'a pas son pareil. L'autre, c'est le dessinateur humoriste Jean Flessel : celui qui dessine le Bon Dieu et la marguerite. Il a loué une maison sur la route de Tulle, mais il vient souvent nous rendre visite.

Elle me parla du poète Louis Aragon, qui avait passé un plein mois de l'été dernier à Castelfranc pour travailler à ses œuvres, du philosophe Emmanuel Berl et de sa femme, la chanteuse Mireille, qui arrivaient souvent de leur château des environs de Beaulieu-sur-Dordogne, pour un week-end, de l'actrice Sylvia Combat et de quelques autres personnages qui avaient fui Paris, la famine et l'insécurité...

— Leur présence, dit-elle, met de l'animation dans le château. Ça m'aide un peu à oublier...

Pauline m'apprit que, depuis quelques mois, Roland avait pris une décision draconienne envers les pensionnaires abusifs.

Le contingent de ses *invités* devenant pléthorique et les ressources de la ferme s'amenuisant à cause des réquisitions officielles ou de celles des maquisards, qui l'étaient moins, il avait prié ceux qui n'étaient ni juifs, ni résistants traqués, ni misérables, de boucler leur valise et d'aller trouver refuge ailleurs. Trop d'entre eux s'étaient incrustés u château, faisaient bombance aux frais de la princesse et attendaient paisiblement la fin de la guerre. Cela passait les bornes : Castelfranc était devenu un pensionnat pour adultes.

— Roland était aux abois. Il n'arrivait plus à joindre les deux bouts, au point d'être obligé de se séparer de sa meute. Il ne l'a pas vendue mais massacrée à coups de fusil, en ne gardant qu'un couple. Je lui en ai voulu et ne lui ai toujours pas pardonné. Ce massacre m'en rappelait un autre. Tu comprends, Julien ?

Les deux gamins se disputaient sans hausser le ton : Claude voulait construire un char d'assaut et Luce un bateau. Pauline les pria d'aller jouer dans leur chambre.

— Mais on y gèle ! protesta Claude. Déjà que je suis enrhumé...

— Eh bien ! vous jouerez à la balle. Ça vous réchauffera... Allez, ouste !

Pauline s'empara de ma main, la porta à ses lèvres, puis la promena sur sa joue.

— Claude est un gentil garçon mais une forte tête. Si ses parents l'ont confié à Roland, c'est qu'il est fragile et qu'il lui faut une bonne nourriture, alors qu'à Paris... Ils travaillent sur une comédie de Marcel Achard, *Domino*, qu'ils vont jouer dans la capitale, puis en province. De temps en temps, ils viennent reprendre des forces à Castelfranc. Ils restent un jour ou deux et s'en mettent, comme on dit, *plein la lampe*. Dès qu'ils arrivent, c'est un vaudeville ininterrompu. Ils ne se supportent pas, passent leur temps à se chamailler, mais sont inséparables.

Elle me montra une trace sur le tapis.

— Un souvenir de leur dernier passage… Au retour d'une beuverie au bourg voisin, Pierre s'est arrêté au milieu de la route pour uriner, chanter des chansons paillardes et l'*Internationale* devant la gendarmerie. Quand les gendarmes sont sortis, il les a injuriés et traités de collabos, si bien qu'ils l'ont coffré. Si Roland n'était pas intervenu, qui sait comment ce scandale se serait terminé ? A peine de retour au château, Pierre s'est affalé dans le salon, là où nous sommes, et il a vomi. Quand Roland lui refuse l'alcool qu'il réclame, il vide des flacons d'eau de Cologne. Pauvre Odette… Ce génie du théâtre la fait passer de l'enfer au paradis, et vice versa…

Pierre Brassier avait été la vedette, l'année précédente, avec Madeleine Renaud et Georges Marchal, d'un film de Jean Grémillon, *Lumière d'été*, tourné sur un chantier de barrage de la Dordogne, en basse Corrèze. Les gens du pays n'avaient pas oublié ses frasques.

Roland, après la séance de traite, avait fait un brin de toilette pour le dîner : chemise blanche, cravate à pois, costume trois pièces à rayures et souliers vernis. Le bon communiste qu'il était avait un don d'acteur transformiste pour tromper son monde. J'avais du mal à reconnaître, en cet aristo, le paysan que j'avais surpris au milieu de ses vaches, quelques heures auparavant.

Il me dit avec un clin d'œil complice :

— Toinette, notre servante, t'a préparé une chambre au premier. Elle n'est séparée de celle de Pauline que par une porte sans serrure...

Il ajouta :

— Ici, tout se passe sans chichis, à la bonne franquette, comme on dit, mais je tiens à la bonne tenue de mes pensionnaires. Il faudra te raser, car il y aura des dames à notre table. J'ai fait porter dans ta chambre de quoi t'habiller d'une manière convenable, sinon élégante. Nous sommes à peu près de la même corpulence. La salle de bains est à côté, avec le nécessaire.

L'heure de l'apéritif, nous rassembla dans le salon. Roland s'excusa auprès de moi de ne pas servir autre chose que ce qu'il appelait la *liqueur de Toinette* : un mélange d'eau-de-vie et de pêche.

— Il me reste quelques bouteilles d'apéritif, de champagne et de cognac, dit-il, mais je les garde pour célébrer la libération. Mon cher Julien, nous n'en sommes plus très loin...

La vaste salle à manger, comme les pièces annexes du rez-de-chaussée, était meublée et décorée avec goût, mais sans ostentation. Quelques portraits rappelaient que les Jonvelle avaient de la branche. Certains détails évoquaient la présence de Colette, la belle-mère de Roland, qui avait longtemps vécu dans cette demeure, en compagnie de son époux, Henry.

A la bonne franquette, avait dit Roland... En fait, le dîner relevait d'un repas mondain, digne du Grand Véfour, plus que d'agapes campagnardes. Le bordeaux était d'une grande année, car l'amphitryon avait des accointances aux Chartrons. Les convives étaient pour la plupart des israélites et des résistants, tous dotés d'une fausse identité.

J'appris, au cours de ce repas, la nature du grand œuvre concocté dans le théâtre clandestin qu'était Castelfranc : la réalisation d'un drame des temps gallo-romains, à résonance actuelle, *La Gloire de Lucida.* Cette pièce évoquait la résistance d'une fille de la Gaule chevelue contre le procurateur romain Lucius. Roland en avait écrit le texte et Maurice Broquier, secondé par un certain Marcel Dumoncel, en assurerait la mise en scène.

Le point faible de ce projet ambitieux était la réalisation des décors : on ne trouvait pas, dans les parages, d'artisan susceptible de s'en charger. Les rôles principaux seraient confiés à Pierre Brassier, Odette Bonheur et Maurice Broquier. La mise en scène serait réalisée par un assistant de Vakevitch.

— Il y aura, me dit Pauline, un petit rôle pour moi...

Je me couchai, ce soir-là, l'œil rivé sur la porte séparant ma chambre de celle de Pauline, comme dans les films de Hitchcock, lorsque l'on voit la poignée tourner avec une lenteur hallucinante pour livrer passage au criminel.

Je désespérais de voir apparaître Pauline, et la fatigue me plongeait dans une première somnolence, quand une porte donnant sur le couloir s'ouvrit dans un grincement qui me fit sursauter. Le souffle suspendu, j'allais murmurer le nom de Pauline et lui tendre les bras, quand je constatai qu'une ombre masculine traversait ma chambre, se dirigeait vers l'armoire, l'ouvrait, en tirait un vêtement. La voix de Roland murmura :

— Excuse-moi, Julien, si je t'ai réveillé.

A peine avais-je digéré ma déception que la porte s'ouvrit de nouveau, mais avec moins de discrétion. La lumière venant du couloir me révéla les formes de Toinette. Elle se planta devant le guéridon en marmonnant :

— Il était pourtant là ! Je l'y ai posé ce matin. Eh puis, merde !

Constatant que le lit était occupé, elle bredouilla :

— Oh ! pardon, monsieur Julien...

Je compris qu'il ne me restait qu'à porter le deuil de mes illusions et que Pauline ne viendrait pas me rejoindre. Des va-et-vient, des éclats de rire, des rumeurs de disputes venaient du rez-de-chaussée, de l'escalier et des couloirs. Un autre visiteur ouvrit ma porte en chantonnant. Une chaude voix de femme souffla :

— Oui, mon chéri... Là nous serons tranquille... Entre...

Deux ombres s'avancèrent de quelques pas dans la chambre. La femme pouffa de rire en gloussant :

— Pas de chance ! C'est occupé.

L'ambiance nocturne tournait au vaudeville à la Feydeau. Par chance, la porte donnant sur le couloir fermait à clé. Je la condamnai et me recouchai après avoir enfilé mes chaussettes, car, la chambre étant dépourvue de chauffage, je grelottais dans ma chemise longue, marquée en broderie rouge d'une couronne de baron. La présence de Pauline aurait sans doute pallié cet inconvénient, mais la porte de sa chambre semblait aussi inviolable que les blocs obturant les tombes des pharaons.

J'étais plongé dans le sommeil lorsque mes draps s'écartèrent. Je sentis une forme chaude et molle glisser le long de mon corps, deux bras m'étreindre le torse par-derrière, tandis que la voix de Pauline soufflait à mon oreille :

— Ne te retourne pas, je t'en prie, Julien.

— Tu as bien tardé, ma chérie.

— J'ai préféré attendre que tout le monde soit couché. Ces gens sont d'un sans-gêne... Ils sont partout, comme chez eux.

— J'en sais quelque chose. Ma chambre était un véritable hall de gare...

Elle fit glisser un petit rire dans mon oreille.

— Non, ajouta-t-elle, ne bouge pas. Nous allons dormir ensemble, sagement. Si tu te retournes, je reviens dans mon lit.

— Et Luce ? Elle ne remarquera pas ton absence ?

— Oh, Luce... Quand elle dort, un orage ne la réveillerait pas.

Elle se resserra contre moi avant d'ajouter :

— Il faudra te montrer patient avec moi. J'ai encore la tête pleine d'images terribles qui me donnent envie de hurler. Certains amis de Roland ont tenté leur chance pour me séduire. Ils ont vite compris qu'ils perdaient leur temps. Certains de ses *pensionnaires*, comme il dit, ont des mœurs très libres, mais il faut tâcher de les comprendre, eux aussi, les Juifs surtout, qui ont de mauvais souvenirs à oublier. Ce sont pour la plupart des proscrits. Ce qui leur reste de liberté, ils en font l'usage qu'ils peuvent. Je m'interdis de les blâmer, mais je dois m'en défendre. Roland l'a bien compris... Il m'a... d'ailleurs...

Pauline s'est arrêtée au milieu de sa phrase, dans un soupir et un léger grognement. J'ai pris doucement sa main, en ai enveloppé mon sexe sans qu'elle se réveille, et me suis libéré d'un désir térébrant.

Pauline a regagné son lit au petit matin, sans un mot. Quand je me suis réveillé, le soleil d'hiver inondait ma chambre.

Le petit déjeuner se prenait à la cuisine. Un couple m'y avait précédé : une sorte d'imprésario pêché dans une compagnie théâtrale de Brive, accompagné de sa maîtresse. Il me sembla reconnaître ceux qui, dans la nuit, cherchaient un refuge pour leurs amours. Elle lui tartinait ses toasts grillés en lui parlant à voix basse, et se tut en me voyant paraître.

Je demandai à Toinette où se trouvait Pauline : elle était à la traite du matin, avec *Monsieur*, mais n'allait pas tarder à revenir. Dans un coin de cheminée, Luce feuilletait un album illustré de *Bibi Fricotin*, près de Claude, qui écorçait une branche de noisetier avec un couteau de table. Des rumeurs de voix venaient du salon, une musique de violoncelle de la bibliothèque.

J'attaquai mon petit déjeuner avec un appétit paléolithique. Je me souvins de ma mère qui disait, à l'issue de mes randonnées à bicyclette : « Il mangerait un curé avec ses bretelles. »

Informée des motifs de ma présence au château, Toinette, tout en me servant un café de meilleur goût que celui de ma mère, qui le mélangeait avec de l'orge, me demanda si j'étais au courant du massacre de La Besse. Ce drame avait eu lieu le même jour que le guet-apens du pont de Soularue. Enfermé que j'étais dans mes préoccupations, je n'en avais pas été informé, et personne ne m'en avait soufflé mot. Cette affaire présentait une analogie flagrante avec celle à laquelle j'avais été mêlé.

La Besse, ferme proche du village de Sainte-Féréole,

à une dizaine de kilomètres au nord de Brive, était occupée par un poste de combattants de l'Armée secrète. Le 11 Novembre, pour répondre aux incitations de la BBC, le chef avait organisé une cérémonie au monument aux Morts de la commune, identique à celle de Coursac. Quelques jours plus tard, un détachement d'une centaine de soldats de la Wehrmacht, venant de Limoges, était passé à l'attaque. Le combat avait duré deux heures. Quarante assaillants étaient restés sur le carreau, et dix du côté des maquisards ; la plupart des autres, faits prisonniers, avaient été fusillés ou emprisonnés.

Là, comme au pont de Soularue, à l'évidence, une trahison était à l'origine de l'attaque. Trois hommes avaient mystérieusement disparu du camp. L'un d'eux était l'amant d'une jeune Espagnole qui travaillait au Terminus et servait de bonne à tout faire aux gens de la Gestapo. Je pensai d'emblée qu'il pouvait bien s'agir de Carmen.

Consterné par cette révélation, je renonçai à avaler une troisième tartine. Ce nouvel épisode de la guérilla confortait mon opinion relative à la nouvelle tournure que prenaient les événements : la nervosité de l'ennemi trahissait une inquiétude fébrile, motivée par l'imminence du débarquement qui soulèverait, dans un même élan, toutes les forces de la résistance armée et créerait sur ses arrières un nouveau front, propre à immobiliser plusieurs divisions.

Notre guerre à nous ne faisait que débuter.

Pauline me rejoignit au milieu de la matinée sur la terrasse dominant le parc.

Le temps clair et doux suscitait des idées de printemps plus que de Noël, dont nous n'étions éloignés que d'une dizaine de jours. J'avais revêtu les vêtements dont mon hôte m'avait pourvu la veille, sur lesquels j'avais enfilé un vieux manteau à col de fourrure déniché dans la penderie.

Précédée de Roland, elle remontait de la ferme par le chemin qui, traversant le parc, mène au château. Il éclata de rire en me voyant :

— Tu viens de me faire une de ces émotions ! D'en bas, j'ai cru que mon père était de retour. Ici, en hiver, c'est ce pardessus qu'il porte.

— Désolé… Je n'aurais pas dû…

— C'est sans importance ! Cette relique commence à se miter, depuis le temps que *Monsieur le baron* n'est pas revenu.

Il me parla de son père, notable éminent de la Troisième République, magnat de la presse, diplomate, sénateur de la Corrèze... La conclusion me mit le feu aux joues.

— Tu as fière allure, ajouta-t-il, mais ce vêtement ne convient pas à un *terroriste*. Puisque te voilà des nôtres, il faudra t'habiller plus simplement. Je te procurerai un de mes vieux blousons fourrés.

Il ajouta :

— Pauline a fini sa journée. Elle pourra te tenir compagnie jusqu'à la traite du soir. A l'apéritif, tu me raconteras l'affaire du pont de Soularue. Je n'en ai que des échos fragmentaires et j'aimerais en savoir plus...

Pauline changea de tenue pour me rejoindre sur la terrasse, où je l'attendais. Elle me prit par la main pour me faire parcourir le parc et visiter la ferme. Une Ford V8 stationnait sur un terre-plein, en contrebas de la terrasse.

— C'est la voiture de Bel-Gazou, me dit Pauline. Elle est venue de son château de Curemonte pour la journée.

Je lui demandai qui était le personnage qui se cachait sous ce sobriquet mystérieux.

— La fille de monsieur Henry de Jonvelle et de Colette, donc, la demi-sœur de Roland. Tu la verras à midi. Elle reste toujours déjeuner au château. Ils s'entendent parfaitement. Son vrai prénom est Colette, du nom de sa mère. Elle lui a trouvé ce pseudonyme bizarre mais charmant : Bel-Gazou. Tout le monde l'appelle ainsi...

Planté de grands arbres d'essences variées, principalement des conifères exotiques, le parc est calme et majestueux comme une forêt du Nouveau Monde. Il fait au château un glacis de verdure persistante sillonné par un réseau de chemins et de sentiers, avec, au pied de la bâtisse, un bassin à usage de piscine aux temps chauds, mais qui, pour l'heure, avait l'aspect d'une patinoire.

Du haut de la terrasse, où l'on accède par une volée d'une dizaine de marches, se déploie un vaste panorama de prairies et de boqueteaux fondus dans une légère brume d'hiver qui laisse des bouquets épars au-dessus de la Vézère. Un bourg opulent occupe, dans la plaine, l'horizon du nord. Sur une ligne de collines basses, des fermes, des hameaux, une commanderie de Templiers dispersaient les taches claires de leurs murs et celles, grisâtres, des toits d'ardoise.

Nous étions en pleine guerre, mais aucune image ne venait nous le rappeler. Ce domaine et le paysage qui l'entoure semblaient figés en marge du monde et du temps présent. Les seuls bruits qui nous parvenaient, au cours de cette promenade, étaient les meuglements des vaches, les grognements des porcs, les abois, dans la cour de la ferme, de la chienne Tokay, qui tenait son nom de sa robe dorée comme le vin de la Puszta.

Nous nous sommes assis sur un banc de pierre, sous un grand araucaria du Chili, au bas de la haute tour à balcon en collerette qui semble servir de donjon ou d'observatoire.

— J'ai longuement réfléchi à ma situation, dis-je. Elle n'est pas simple. Je te cherchais ; je t'ai retrouvée et je suis au comble du bonheur, mais le bonheur ne résout rien. Qu'allons-nous faire ?

— Julien, je crois que...

— Laisse-moi terminer, je te prie. Je me refuse à abuser de l'hospitalité de Roland, à ajouter une bouche inutile à celles qui l'encombrent déjà. Je resterai un jour ou deux avant de rejoindre le maquis.

— Tu voudrais...

— Je le *dois*. Il y va de mon devoir, mais voilà : depuis que je t'ai retrouvée, il m'est difficile de prendre cette décision. Rejoindre les partisans, tu sais ce que ça veut dire : que, peut-être, nous ne nous reverrons jamais. La guérilla va s'intensifier. Si je pars, ce sera pour risquer ma vie.

— Si tu pars...

— Il *faut* que je parte ! Tout ça peut te sembler contradictoire, mais l'évidence est là. Quant à toi, ma Pauline, tu vis sur un volcan qui risque à tout moment de se réveiller. Cette sécurité dans laquelle tu baignes est illusoire. La Kommandantur, la Gestapo, la Milice, la police de Vichy ne sont qu'à quelques kilomètres. Il y a une heure, j'ai vu passer un convoi allemand sur la route de Brive. Un jour il y aura du grabuge : une descente, une perquisition, une rafle peut-être. Tu risques d'en être victime. Pauline, ma chérie, cette idée m'est insupportable...

Un merle traversa avec un cri de colère un espace de pelouse. Autour d'un buisson de rhododendrons gambadaient des lapins sauvages. Un rapace planait comme un cerf-volant au-dessus du paradis. Pauline reprit :

— Tu te fais une fausse idée de la situation, je le

crains. La sécurité dont nous jouissons est moins fragile que tu le crois. Elle repose sur un consensus. Je vais sûrement te surprendre : la semaine passée, des officiers allemands en civil étaient les invités de Roland. Non ! calme-toi : ils ne sont pas plus nazis que toi et moi... Le colonel Boehmer, qui commande la garnison de Brive de la Wehrmacht, est un ami du maréchal Rommel, et il a adhéré au complot contre Hitler. Dans la mesure où le château ne devient pas un repaire de la résistance armée, il ferme les yeux.

— Le pont de Soularue... le camp de La Besse...

— Certes, les Allemands sont contraints d'effectuer, de temps à autre, des opérations de ce genre, sinon ils seraient remplacés par plus durs qu'eux et nous aurions tout à y perdre. Il y a eu des massacres, mais, quand la soldatesque est à l'œuvre, il est difficile de la maîtriser. Les SS auraient fait pire. Ce qui impressionne les officiers de la Wehrmacht, c'est de se trouver dans la maison de Colette, un écrivain que presque tous connaissent. Ils ferment les yeux sur la présence des Juifs, d'autant que Roland fait en sorte de bien les traiter. Les coulisses de la guerre abondent, à ce qu'on dit, de cas de cette espèce.

— N'empêche : serrer la main d'un Boche, aussi sympathique soit-il, moi, je ne pourrais pas.

J'admirais, chez ma compagne, la facilité de langage et la précision des termes héritées de la fréquentation quotidienne de Roland et de ses *invités*, pour évoquer la situation. J'étais de même surpris par sa perspicacité : cela prouvait qu'elle avait surmonté les séquelles du drame vécu par sa sœur et elle. Pourtant, je devais en convenir, cela n'apportait aucune solution quant à notre avenir commun, du moins dans l'immédiat. Roland s'opposerait à son départ, sachant qu'elle n'avait nul endroit où aller ; quant à moi, si ma voie était tracée, c'était sans elle...

Elle parut avoir suivi le cheminement de ma pensée.

— Roland m'a parlé de toi tout à l'heure, durant la traite. Il souhaite que tu restes. Tu peux lui être utile.

— Pour traire les vaches et donner la pâtée aux cochons ?

— Ne sois pas stupide ! La ferme n'a plus besoin de personne. Il a un autre projet pour toi. Il m'a promis de t'en parler dès aujourd'hui. Mais si tu préfères retourner au maquis...

Bel-Gazou resta déjeuner, avec son amie de cœur, une hétaïre de haute volée, d'origine juive.

Elle demeurait dans un autre château de la basse Corrèze, à Curemonte. Naguère, au cours de mes excursions à vélo, j'avais poussé jusqu'à ce bourg écrasé par une forteresse qui rappelait celles des burgraves, sur les bords du Rhin. Elle était en grande partie en ruine. Roland avait mis à la disposition de sa demi-sœur une aile encore habitable.

Bel-Gazou avait vécu là, en compagnie de sa mère, Colette, les premiers mois de la guerre. Elle avait projeté de transformer cette gigantesque bâtisse en refuge pour les écrivains espagnols arrivés en France après la guerre civile, puis en clinique vétérinaire. Autant d'utopies qui avaient sombré dans l'indifférence générale et en raison de son incapacité à gérer des entreprises de cette importance.

Bel-Gazou me plut d'emblée. Le déjeuner fut occupé par la faconde intarissable de cette belle femme de trente ans. De temps en temps, elle tournait des regards langoureux vers sa compagne et lui prenait la main. Elle avait été mariée à un médecin du bourg voisin, mais leur union n'avait duré que quelques mois.

Elle s'était mis en tête de jouer le rôle principal de la pièce que préparait son demi-frère, mais il avait été promis à Odette Bonheur. Elle regimbait : un tel rôle ne conviendrait pas à l'actrice, trop délicate, trop fleur bleue, trop... féminine ! Lucida était une créature virile, capable de tenir tête par la parole et par les armes aux Allemands – pardon ! – aux Romains.

— Cette chère Odette... les seules armes dont elle pourrait menacer le procurateur Lucius, ce sont des aiguilles à tricoter et un fer à repasser !

Roland bougonnait : on verrait bien comment Odette s'en tirerait aux répétitions. Persuadé que cette idée était à ranger au catalogue des caprices de Bel-Gazou, il temporisait.

Roland avait mis dans le secret de ce projet un jeune journaliste d'origine corse ou italienne, Pierre Fieschi, son pensionnaire depuis quelques mois. Cet homme de petite taille, vif, intelligent, doté d'une belle voix de baryton, était l'ami d'une jeune femme de type espagnol, Lina Muñoz, qui demeurait chez ses parents, à Brive, et l'accompagnait parfois à Castelfranc. Elle ressemblait à s'y méprendre à Carmen, la servante de l'auberge de Valliergues, amie et complice de Willy. Je n'avais aperçu cette Carmen qu'une fois, brièvement, au cours d'une patrouille, par une fenêtre, et elle n'avait pas retenu mon attention.

Je m'ouvris de mes soupçons à Pauline ; ils rejoignaient les siens, bien qu'elle eût du mal à les justifier.

— Je n'ai comme toi que des doutes, me dit-elle. S'ils sont fondés, cette fille constitue un danger permanent pour notre sécurité à tous. Qu'est-ce que Pierre fiche avec elle ? Est-ce qu'elle l'a convaincu de nous espionner ou est-ce lui qui la maîtrise et en attend des informations ? Il se peut que tous deux soient des agents doubles, comme dans les films d'espionnage. Ça pourrait être drôle si ce n'était dangereux...

Souvent, à l'heure de la sieste, dans la pénombre froide de notre chambre, je me penchais sur Pauline et la regardais vivre.

C'était pour moi un moment privilégié, le seul de la journée où j'avais vraiment l'impression égoïste et prétentieuse que je la possédais. Le reste du temps, elle se donnait un peu à moi, comme par charité ou pour assumer un engagement, mais beaucoup à la petite société du château.

Elle me demeurait encore, malgré une familiarité dans nos rapports qui remontait à l'enfance, à la fois ouverte et mystérieuse. Je croyais ne rien ignorer d'elle, comme, je le supposais, elle de moi ; nous accordions nos gestes, nos intentions, avec rarement des différends qui eussent pu laisser craindre une rupture, comme j'en avais éprouvé avec des amis masculins, avec qui mes rapports étaient plus francs et parfois brutaux. Avec elle, à la moindre discorde, un rideau de fumée faisait illusion ; lorsqu'il se dissipait, aucun accroc n'apparaissait dans nos relations.

La dernière querelle qui faillit nous séparer à jamais remontait aux confidences du lieutenant Dutheil, à la ferme des Mazières, et, à la bénévolance un peu suspecte avec laquelle elle les avait accueillies. J'ai dit ce qu'il fallait en penser : elle avait joué les infirmières du cœur, et rien d'autre.

De quoi ce mystère que je devinais en elle tenait-il son origine ? Je pensais naïvement, en la regardant dormir ou somnoler, que seule une endoscopie profonde et précise de son personnage aurait été susceptible de m'en livrer les secrets. S'agissait-il d'un organe, d'un tissu, d'un réseau de veines ou de nerfs, de son sang ou de ses humeurs ? Etait-ce plutôt un rayonnement impalpable émanant de toutes ses fonctions vitales ?

Peut-être aussi, me disais-je, te fais-tu un monde de ce qui n'est de toute évidence que normalité, pour ne pas dire banalité. Après tout, Pauline pouvait fort bien ne tenir son énergie morale que de sa nature. Si les chemins de la guerre ne l'avaient pas propulsée dans un milieu d'où, logiquement, elle n'avait que faire, il y a fort à supposer qu'elle serait devenue une de ces Junons rustiques à forte poitrine, destinées à alimenter des gynécées, sans cultiver en elle la moindre notion de mystère. Je ne l'aurais pas forcément perdue pour autant. Rien ne me disposait, mais rien non plus ne s'opposait à ce que je m'engage dans l'exploitation d'une ferme. Celle du Madelrieux m'aurait parfaitement convenu, du fait de son opulence et des bons rapports que j'entretenais avec la famille. Je n'oubliais pas le jeu subtil de l'hérédité : mes parents étaient de souche paysanne, et j'en sentais la résurgence en moi.

Un jour de décembre, peu avant Noël, alors que je sortais d'un somme transparent, à l'heure de la sieste, et que je m'apprêtais à la réveiller, j'eus comme une illumination. Un mot m'était venu brusquement à l'esprit, un seul mot, mais lourd de sens, comme un galet jeté dans un lac et dont les ondes de choc n'en finissent plus de mourir : *Passion.*

Pauline vivait en permanence sa passion. Ce n'était pas celle d'une martyre, encore qu'à l'occasion elle eût pu la vivre dans sa chair, sans faiblir, comme d'autres femmes torturées par la Gestapo et qui n'avaient pas livré leurs secrets. C'était une passion – comment dire ? – quotidienne. Elle la diffusait autour d'elle comme un courant magnétique. Beaucoup s'en montraient surpris, mais tous s'en réjouissaient ou en profitaient. Après la période d'abattement qui avait accompagné le massacre des siens et la destruction de ses biens, cette puissance intacte avait ressurgi en elle. Cette réaction qui ravissait Roland m'éblouissait et me déconcertait.

Cette étrange propension au dévouement et au sacrifice, à laquelle elle avait cédé aux Mazières, se donnant, sans réserve comme sans inquiétude, à des missions dangereuses, je la sentais aujourd'hui diffuser autour de moi son fluide insolite. Elle ne faisait que m'effleurer pour ce qui concernait nos rapports. Je n'avais guère de doutes quant à l'attachement qu'elle me vouait depuis toujours et qui avait dérivé vers un sentiment plus intense et plus profond, mais elle me dépassait, se dispersait dans son petit monde dont, sans en avoir conscience, et sans que cela apparût clairement à tous, elle était devenue le pivot actif.

Accoudé à son côté dans la pénombre, attentif à son souffle, aux légers gémissements qui parfois sortaient de ses lèvres, aux crispations de son visage brun et massif, au frémissement de ses paupières, je respirais l'odeur légèrement poivrée de sa chair. Elle se donnait à moi sans réserve, mais j'éprouvais, à la suite de nos étreintes, un sentiment équivoque : était-ce, de sa part, un don total ou la simple satisfaction de sa nature physique ?

Je m'efforçais de balayer ces doutes et j'y parvenais sans peine. A trop analyser le plaisir qu'on prend à déguster un fruit, on risque d'en perdre la saveur.

4

UNE VIPÈRE SUR LE CHEMIN

Roland marchait sur des œufs. Au moindre faux pas, cette enclave de paix et de liberté qu'était Castelfranc, au cœur du conflit, pouvait s'effondrer sous ses pieds. Les appuis occultes qu'il avait acquis auprès de la Kommandantur risquaient de se dérober à la moindre maladresse. En permanence, il devait veiller au grain. Critiqué par les uns, qui le soupçonnaient de double jeu, loué par les autres, qui ne voyaient en lui que le communiste et le résistant, il n'avait pas une position de tout repos. Il louvoyait au milieu des écueils, au risque d'y fracasser sa barque.

C'est ce qui avait failli se produire à l'occasion de la célébration du 11 Novembre. Comme à Coursac, à Sainte-Féréole et autres lieux, Roland tint à fêter cet anniversaire.

On avait vu arriver de nombreux maquisards des environs, bardés d'armes. Ils avaient mis à mal la cave, et, une fois ivres, brandi leurs mitraillettes en chantant l'*Internationale* et la *Jeune Garde*. Ils avaient eu ensuite le toupet de faire la quête !

Roland avait poussé un soupir d'aise en les voyant

repartir, tous éméchés et tirant des coups de feu en l'air. Cet incident avait failli le décider à mettre la clé sous le paillasson pour regagner Paris, mais, répugnant à congédier ses hôtes, dont il était la providence, il était resté.

Tout était rentré dans l'ordre, mais, quelques jours plus tard, les Allemands prenaient l'offensive à Sainte-Féréole et à Coursac.

— J'ai reconnu, me dit Pauline, l'Espagnole amie de Pierre, parmi les gens qui assistaient à la fête au château. Elle a dû y moissonner des informations sur les camps des environs et les rapporter à la Gestapo ou à la Kommandantur.

Je l'avais remarquée moi aussi : insolite, provocante, fumant cigarette sur cigarette sans rien perdre d'un spectacle qui paraissait la réjouir. Pierre Fieschi, son ami de cœur, ne l'avait pas quittée d'une semelle et d'un regard. Ce couple insolite ne laissait pas de m'intriguer et de m'inquiéter.

Bel-Gazou s'était prise d'une sympathie subite pour Pauline, au point de lui proposer de la rejoindre à Curemonte. La vie, disait-elle, y était moins animée qu'à Castelfranc, mais la sécurité moins aléatoire : elle n'accueillait qu'occasionnellement des rescapés de la grande rafle de Paris, ou quelques résistants de passage. Elle avait toujours refusé d'y recevoir Fieschi et son Espagnole, persuadée, comme nous, que le comportement suspect de ce couple risquait de causer les plus grands ennuis à son demi-frère et à ses pensionnaires.

Alors qu'elle s'apprêtait à remonter dans sa Ford

avec son amie de cœur, elle m'embrassa, à ma grande confusion, et me glissa à l'oreille :

— Tâchez de persuader votre petite amie de venir vivre avec moi. Dans cette pétaudière sur laquelle règne Roland, elle risque sa vie une nouvelle fois. Dites-vous bien que les miracles se renouvellent rarement. Si elle se décide, accompagnez-la. Nous sommes au large dans cette ruine, et le travail ne manque pas pour un homme comme vous, jeune et en parfaite santé.

La proposition était à considérer. Lorsque j'en parlai à Pauline, elle se moqua de ma naïveté.

— Mon pauvre Julien ! Tu étais prêt à tomber dans le panneau... Dieu sait ce que cette gouine a dans la tête ! De plus, je connais bien ce château et je ne tiens pas, même avec toi, à y mourir d'ennui, entre ces deux folles !

Elle me rappela que la grande Colette y avait passé quelques mois, au début de la guerre, et qu'elle en gardait un triste souvenir : elle avait failli y périr non seulement d'ennui mais de froid. On dit qu'elle s'amusait à voler des oignons et des échalotes aux paysans pour satisfaire sa gourmandise. Elle parlerait sûrement de ce séjour dans un de ses livres.

C'est ce qu'elle a fait. Ce livre, *Journal à rebours*, je viens d'en terminer la lecture. Le moins qu'on puisse dire, c'est que le texte relatif à Curemonte, ce vieux village au demeurant pittoresque et des plus agréables à la belle saison, ne donne guère envie d'y passer un hiver...

Durant tout un après-midi, je me suis interrogé sur le projet que Roland nourrissait à mon égard. La réponse me vint dans la soirée, avant l'heure sacro-sainte de l'apéritif. Il me dit :

— Suis-moi jusqu'aux anciennes écuries. Je vais te montrer où nous en sommes de notre spectacle. Tu connais déjà le titre. Je te confierai un exemplaire du texte, si ça peut te distraire...

Je ne voyais pas en quoi ce projet, aussi saugrenu qu'ambitieux, pouvait me concerner. Roland, lui, avait son idée.

Il avait vidé cette annexe des véhicules anciens : char à banc, calèche et vieux instruments aratoires qui l'encombraient, pour y installer un atelier. Ce local de vaste dimension était occupé par un grand établi de menuisier, des entassements de lattes de bois blanc, de coupons d'étoffe et de pots de peinture.

— Voici notre atelier. Nous n'attendons plus que le décorateur et l'artisan menuisier, mais nous risquons de devoir patienter longtemps. Je sais par Pauline que tu travaillais dans la menuiserie, avec ton père. Alors je me suis dit que, peut-être, puisque tu es du métier, tu pourrais nous tirer d'embarras.

Manière élégante et discrète de me mettre au pied du mur. En l'occurrence, cette position n'avait pas de quoi contrarier des projets qui, d'ailleurs, demeuraient incertains. D'autre part, il m'était difficile de repousser cette requête et de contrarier celui que je considérais comme mon bienfaiteur, celui de Pauline et de sa sœur. Elle était dans l'ordre des choses : il m'hébergeait ; je me devais de lui rendre service en fonction de mes compétences, aussi limitées fussent-elles. Il se trouvait que ces limites correspondaient aux besoins de mon hôte. Il reste que je n'apprécie guère ces rapports en forme d'échange, sur fond d'amitié ; un jour ou l'autre, inévitablement, un des partenaires se sent lésé et l'exprime.

Je fis observer à Roland qu'il y avait une marge entre menuiserie et décoration ; il me répondit que l'on n'attendait pas de moi un travail de conception mais d'exécution, ce qui changeait l'angle de cette perspective. Je tentai de lui faire comprendre que je m'étais moralement engagé à me battre et qu'en lui donnant mon accord je me parjurais, en quelque sorte.

Il sourit, me tapota l'épaule.

— Les grands mots, tout de suite... Ce que je te demande sera pour toi une manière de poursuivre le combat. Ce spectacle que nous préparons est un défi à l'occupant. Dis-toi que, si le texte de cette pièce, dont je suis l'auteur, tombait entre les mains de la Gestapo ou de la Milice, nous irions finir nos jours dans le Grand Reich, et pas dans un château de Bavière. En fin de compte, tu serais plus en sécurité dans une unité de partisans que dans ces écuries, et moins utile pour la cause commune.

A ce beau discours, il ajouta qu'il faudrait mettre les bouchées doubles, la confection des décors ayant pris du retard : le spectacle devrait être présenté à chaud, dans les premiers jours de la libération, au Théâtre municipal de Brive. Je n'aurais pas été surpris d'apprendre que la salle était retenue et les billets mis en vente...

— La libération... objectai-je. Je ne la vois pas briller à l'horizon. Je te trouve bien optimiste.

— Mon cher Julien, détrompe-toi. De sources « généralement bien informées », comme on dit en langage de presse, je tiens que le Débarquement aura lieu à la fin du printemps ou au début de l'été. En Normandie ou dans le Nord ? Mystère... Pour les Allemands, ce sera la panique et la fin des haricots. Pourquoi crois-tu que les officiers de la Wehrmacht me fassent des courbettes ? Ils sentent que le vent tourne, que les nazis sont foutus, et ils souhaitent tirer leur épingle du jeu. Lorsqu'ils auront à rendre des comptes, ils feront peut-être appel à moi pour les défendre, et, comme j'ai le bras long...

Ce comportement biseauté créait en moi un malaise lent à se dissiper. J'acceptais mal cet échange de procédés à la limite de l'immoralité et du machiavélisme. Cela m'ulcérait lorsque je me souvenais des camarades tombés dans le guet-apens du pont de Soularue : ces tractations tacites, cette complicité contre nature pouvaient constituer une insulte à leur mémoire.

Je m'élevais de même contre ceux qui, répondant

aux mesures d'amnistie proposées par Vichy aux réfractaires du Travail obligatoire, tombaient dans le panneau. Pauvres innocents ! Ils ne tarderaient pas à se retrouver sur une plage de l'Atlantique, avec en main la pioche des forçats...

— Prends le temps de la réflexion, poursuivit Roland, mais ne tarde pas trop à me donner ta réponse. Nous vivons une époque où le temps s'accélère, où il faut décider vite. Pierre Fieschi te fournira les renseignements nécessaires pour ton travail, ainsi qu'un exemplaire du texte, pour te mettre dans le bain.

Dans le courant de l'après-midi, je suivis Pauline, à vélo, jusqu'au moulin de La Mouthe, lourde bâtisse de grès rose assise sur une rive de la Vézère, à l'extrémité d'une digue où j'allais naguère me baigner à la belle saison. Les châtelains de Castelfranc s'approvisionnaient là en farine. Il s'y tenait, de temps à autre, des réunions clandestines entre les chefs de la Résistance de la Ve Région.

Tandis que nous roulions sur la route déserte qui longe la rivière, sous des rangées de saules et de peupliers, Pauline me parla de la proposition de Roland.

— Je me garderai bien de vouloir peser sur ta décision, me dit-elle, mais je crois que c'est le meilleur parti que tu puisses prendre. Il y a plusieurs manières de mener le combat dans la Résistance. Celui-ci n'est pas le moins efficace et comporte des risques. L'avantage serait de nous épargner une nouvelle séparation. Je la supporterais mal, tu le sais...

— J'aurais moi-même du mal à vivre sans toi. Alors, à la réflexion, je crois que je vais donner mon accord à Roland.

Alors que nous arrivions en vue du moulin, dans les premières rumeurs de l'eau qui bondissait par-dessus la digue, me revint à la mémoire une phrase de Voltaire :

La patrie est là où l'âme est enchaînée...

Nous sommes revenus au château avec chacun, sur le porte-bagages, un sac de farine échappé à la réquisition officielle.

Toinette nous annonça à voix basse, comme s'il s'agissait d'un mystère, qu'une voiture venait de déposer André Malraux ainsi que sa maîtresse et collaboratrice, Josette Clotis.

Ils avaient élu domicile en Corrèze, dans une gentilhommière de Saint-Chamant, dans la profonde vallée de la Souvigne, discret affluent de la Dordogne, qu'elle rejoint à Argentat. L'écrivain, éternel errant, avait déposé dans cet asile la malle pleine de manuscrits et de documents qu'il emportait dans tous ses déplacements.

Suivi de sa compagne, il avait, après son retour d'Espagne et peu avant la déclaration de guerre, effectué un voyage en Amérique, où il avait rencontré des célébrités comme le savant Oppenheimer, des réalisateurs de cinéma et des acteurs célèbres.

Il semblait se plaire dans cette thébaïde située à flanc de coteau, au milieu des bois et des quelques vignobles qui donnaient encore un vin agréable. Il était là comme l'oiseau sur la branche : au moindre vent qui le poussait à l'action, il reprendrait son errance. Il était connu des autorités d'occupation sous le surnom de colonel Berger. Comme il n'était pas juif, plus communiste et connu du monde entier, on le laissait en paix.

Malraux passa un après-midi avec Roland dans la chambre qu'avait occupée Colette. Rien ne transpira de leur entretien, mais il semble évident qu'ils n'ont pas dû parler de la pluie et du beau temps, ou s'entretenir de l'art, qui était la passion de l'écrivain.

Je n'eus qu'un bref moment l'occasion d'observer le couple mythique et fascinant qu'il formait avec Josette Clotis : elle, mince et pâle, coiffée d'une chevelure d'un beau blond roux ; lui, nerveux, tourmenté, fumant cigarette sur cigarette en parlant d'une voix saccadée.

J'appris, quelques années plus tard, le nouveau drame qui avait bouleversé la vie de Malraux : la belle Josette Clotis avait eu les jambes broyées par un train, en gare de Saint-Chamant, comme l'héroïne de Tolstoï, Anna Karénine, alors que son compagnon se trouvait sur le front d'Alsace.

Les fêtes de Noël et du Nouvel An furent des plus paisibles à Castelfranc. L'année bascula comme une bogue de châtaigne tombe sur les feuilles mortes. En m'éveillant, le 1er janvier 1944, je me forçai à croire que nous abordions une ère de paix, de délivrance, de bonheur peut-être.

Le bonheur, il m'eût fallu, pour l'apprécier dans sa plénitude, le séparer de son contexte de guerre et d'insécurité, comme on découpe une image pour la coller sur une feuille blanche. Dans tous les actes et à tous moments du quotidien, nous menions, Pauline et moi, une vie de couple, sans le moindre aléa susceptible de menacer son équilibre, et avec de grands moments de bonheur qu'elle semblait partager sans équivoque.

Je n'éprouvais d'inquiétude que lorsque je la voyais enfourcher sa bicyclette pour transmettre des messages aux chefs des postes de partisans épars dans la région. Elle semblait avoir une vocation naturelle d'argus et se moquait de mes conseils de prudence.

Roland avait appris à utiliser la naïveté et l'inconscience de Lina Muñoz pour lui soutirer les informations relatives aux mouvements de patrouilles et aux menaces d'attaques contre les camps de *terroristes*, qu'elle recueillait sur l'oreiller, dans une chambre du Terminus ou en voiture, au cours des expéditions punitives de la Milice. En contrepartie, il lui communiquait des informations volontairement erronées. Cet échange fallacieux ne pouvait perdurer qu'autant que la belle Espagnole semblait manquer de perspicacité.

Les visites de cette fille, d'ailleurs, se faisaient de plus en plus rares, Pierre Fieschi ayant rompu avec elle des relations purement charnelles. Elle passait la majeure partie de son temps à battre la campagne en compagnie de catins de son acabit, puisées dans le vivier des hétaïres de sous-préfecture, peu regardantes quant à la nature de l'uniforme et du grade, comme à la véracité des informations qu'elles recueillaient et divulguaient sans discernement, comme s'il s'était agi des dernières tendances de la mode.

Ma décision prise de demeurer au château, j'organisai ma vie de manière à instaurer un équilibre entre mes rapports avec Pauline et mes nouvelles obligations. Je rejoignais ma compagne chaque nuit dans ma chambre du premier étage, celle de Pauline étant réservée aux enfants, qui dormaient dans des lits séparés. Il ne se trouvait personne pour s'offusquer de cette cohabitation maritale : elle et moi étions adultes et maîtres de nos actes. D'ailleurs, cette liberté de mœurs ne détonnait pas dans l'ambiance morale relâchée de la petite communauté.

Alors que je travaillais, dans les anciennes écuries, à la confection des portants destinés à recevoir les décors, Lina Muñoz me rendit visite. Elle m'avait laissé entendre, lors de nos premières rencontres, que je ne lui étais pas indifférent. En vertu d'une attirance physique, peut-être ; pour s'informer de ma véritable identité et des raisons de ma présence au château, sûrement.

Elle était restée quelque temps sans se montrer, quand, un matin de la mi-janvier, alors que j'étais seul, Pierre ayant dû s'absenter pour des courses en ville, elle pénétra dans l'atelier en chantonnant, d'une allure dansante et déhanchée. Elle portait, je m'en souviens, un manteau beige, de bonne coupe, à col de fourrure, un turban grenat et des bottines de couleur fauve.

— Alors, dit-elle, ton travail avance ? Tu crois qu'il sera terminé à temps ?

— Si les décors ne sont pas réalisés dans les délais, le maire attendra.

Le maire... Nous avions décidé de laisser croire à Lina et à d'autres personnages suspects que ce spectacle était destiné à être présenté aux enfants du bourg voisin pour les vacances de Pâques.

Elle s'approcha de moi alors que j'étais occupé à clouer des lattes, sortit un paquet de cigarettes allemandes de son sac et me le tendit. Je refusai.

— Il est interdit de fumer ici. Ordre de Pierre. Trop dangereux...

— Fieschi ? Je l'emmerde.

— Vous êtes définitivement brouillés ?

— On ne se voit plus, et je n'ai pas d'ordre à recevoir de lui. Nous ne sommes pas mariés, que je sache. Et quand bien même...

Elle ajouta d'un ton aigre-doux en tirant une première bouffée, la tête renversée :

— Quant à toi, tu sembles me fuir comme si j'avais la peste.

Je faillis riposter qu'elle portait bel et bien les germes de la *peste brune*, comme on disait dans les documents clandestins, pour parler de celle que véhiculent les nazis.

Elle était si proche de moi que je pouvais respirer son parfum trop capiteux, et qu'au moindre geste je risquais un contact qui me répugnait à l'avance. En revanche, cette perspective ne semblait pas lui déplaire. Elle se mit à chantonner entre deux bouffées de sa cigarette :

— Vous avez tort, *monsieur Julien Duvert.* Vous ne savez pas ce que vous manquez...

Je bougonnai :

— Vous faites erreur sur mon nom.

— Alors, pourquoi, l'autre soir, Roland t'a-t-il appelé Julien ?

— C'est le nom qu'on me donnait au lycée. Nous étions dans la même classe. Vous voulez voir mes papiers ?

— Pour qui me prends-tu ? Pour un agent de la Gestapo ? Je suis curieuse de nature, comme toutes les femmes, un point c'est tout ! Je sais sur toi des choses qui te surprendraient. Par exemple, que tu es resté quelques mois dans un camp de partisans, près de Valliergues...

— Vous vous trompez !

Elle soupira :

— Admettons... Il reste que je ne t'intéresse pas. C'est dommage pour nous deux. Il est vrai que tu vis maritalement avec cette petite dinde de Pauline.

La colère me monta la tête.

— Je ne vous permets pas ! Pauline et moi...

— Arrêtons cette comédie, veux-tu ? Je sais et je sens que tu as envie de moi mais que tu te méfies. Si tu réfléchis, tu sais où me trouver.

Je me maîtrisai pour ne pas répondre : « Au Terminus, sans doute... » Elle ajouta :

— J'ai une chambre indépendante chez mes parents, rue de la Jaubertie, à Brive. Tu pourras m'y rejoindre quand tu voudras.

— Pierre ne vous suffit plus ?

Elle ne put dissimuler un mouvement d'irritation.

— Pierre... Pierre... C'est un brave garçon, mais gnangnan. Avec lui, c'est pas la grande passion. D'ailleurs, nous n'avons plus aucun rapport, je te le répète. En revanche, je sens qu'avec toi, beau, jeune, robuste comme tu l'es...

Elle pointa son mégot vers le grenier d'où pendaient des guirlandes de vieux foin.

— Nous pourrions prendre un petit acompte, là, tout de suite, puisqu'il n'y a personne...

De l'entrée des écuries, à quelques pas, une voix lui fit écho : celle de Pauline. Elle revenait d'une mission, son vélo à la main.

— Détrompe-toi, Lina, il y a moi.

Lina jeta son mégot à terre, l'écrasa de la pointe de sa bottine en étouffant un juron, et se retourna pour s'avancer d'un pas martial vers la sortie. Pauline lui accrocha le bras au passage, la fit se retourner et lui décocha une gifle magistrale. Lina leva la main pour riposter mais se contenta de sourire d'un air provocant avant de lâcher :

— Je te rends ton petit ami indemne. C'est un véritable prix de vertu. Fais-lui des câlins de ma part.

— Fiche le camp ! Si je te reprends à tourner autour de lui, je te tuerai !

— Je retiens la menace. Tu auras de mes nouvelles sans tarder.

— C'est ça ! Va faire ton rapport au Terminus, putain !

Je n'avais jamais vu Pauline dans un tel état.

Lorsque Lina se fut retirée, sa colère se retourna

contre moi. Elle me fit un procès d'intention, m'accusa d'avoir été « sur le point de céder aux avances de cette garce ». Je m'en défendis. Jamais je n'aurais cédé, insensible que j'avais été à cette tentative de séduction cousue de fil blanc et sachant ce qu'aurait pu me coûter une aventure avec elle.

— Pauline, toi seule comptes pour moi, tu le sais bien. Comment peux-tu imaginer... ?

Elle gémit, plaqua son corps contre le mien et se vida par une effusion de larmes de sa colère et de son angoisse.

— Si je n'étais pas arrivée à temps, qui sait si tu n'aurais pas fini par céder ?

— Il ne se serait rien passé, je te le jure. Lina m'a fait un petit chantage. Elle connaît ma véritable identité. C'est dire qu'elle me tient en son pouvoir. A la moindre descente de la Milice ou des Allemands, je suis fichu. Je croyais que notre sécurité n'était plus menacée, et voilà que tout recommence par la faute de cette fille. Mais c'est toi, surtout, qui es en danger. Je suis persuadé qu'elle tiendra parole et se vengera, à un moment ou à un autre.

Nous avons décidé de relater, le soir même, cet incident à Roland.

— C'est fâcheux, nous dit-il en se grattant la joue. Très fâcheux. Il faudra être de plus en plus vigilants. Il m'est difficile d'interdire mon château à cette garce, au risque d'avoir des ennuis avec la Gestapo. Toi, Julien, je vais te procurer de nouveaux papiers. Ce sera nécessaire en cas de contrôle, puisque Lina connaît tes deux identités, la vraie et la fausse. De même pour toi, Pauline. Je veillerai à espacer tes missions, à te les épargner si ça me semble plus prudent. Mais évitons de dramatiser la situation. Si Lina a le bras long, le mien l'est davantage...

Informé de l'événement, Pierre n'y apporta aucun commentaire, mais nos rapports en furent altérés : ils devinrent moins familiers, sans cesser d'être efficaces.

Nous avions rattrapé notre retard.

A la satisfaction de Pierre Fieschi répondit chez moi un élan de fierté : j'avais réalisé deux portants de vastes dimensions sur lesquels prendraient place les décors de la demeure de Lucida, et m'étais attaqué avec la même ardeur à la confection de deux autres structures de lattes destinées au palais du procureur Lucius.

Restait à peindre les décors : d'une part une hutte avec en perspective un village gaulois et un pan de futaie ; d'autre part la froideur d'un atrium romain à colonnades. Pierre s'y était essayé avec maladresse et avait préféré renoncer. Je pris sa suite, ce qui m'était facile car je suis habile de mes mains et les maquettes qu'il avait réalisées étaient suffisamment précises dans l'énoncé de leurs formes et de leurs couleurs.

De passage à Castelfranc à la fin de janvier, le cinéaste André Cayatte nous avait prodigué ses conseils, après avoir passé des heures à lire le texte de Roland. Il était déjà célèbre depuis son premier film, *Entrée des artistes*, tourné cinq ou six ans auparavant, avec en vedette Odette Bonheur, et la *Fausse Maîtresse*, qui datait de deux ans et n'eut pas le même succès. Il avait deux films en préparation : *Pierre et Jean*, dont la réalisation était avancée, et *Les Amants de Vérone*, un projet dont il nous parla avec chaleur.

Cet homme de cinéma, transfuge du barreau, était d'allure sèche et froide, rigoureux jusqu'à l'intransigeance dans ses jugements, mais épris de justice et d'une compétence professionnelle hors pair.

Ce travail me plaisait, au point de me faire oublier que ma place véritable eût été dans un camp de la région de Beaulieu, et que mes armes, au lieu du marteau et du pinceau, auraient dû être la grenade et la mitraillette.

Pierre m'assista dans la réalisation des décors. Nous ne manquions pas de peinture ni de toile, et comblions les insuffisances avec de vieux draps dénichés dans le grenier. Il m'assista assidûment, avec un souci du détail qui entraînait de sa part des révisions pathétiques. Il avait découvert à la Bibliothèque historique et archéologique de Brive des ouvrages qui le mettaient à l'abri des critiques de puristes.

Du fait de la qualité de la distribution, nous étions tenus d'effectuer un travail irréprochable. Odette Bonheur jouerait le rôle de Lucida, fille des Gaules en rébellion contre la tyrannie du procurateur Lucius, incarné par Pierre Brassier, à qui ce rôle d'ivrogne pervers allait à la perfection. Pauline serait la servante au grand cœur de Lucida et sa confidente. Il y aurait un petit rôle pour Claude et Luce. On chercherait des figurants parmi les *pensionnaires*. Pour le rôle de la gardeuse de chèvres, Roland avait mobilisé la fille du fermier Meyjonade.

Les costumes posaient un problème plus ardu. Où trouver les coupons d'étoffe indispensables ? On sonda une fois de plus les profondeurs du grenier pour extraire des malles ancestrales tout ce qui, après d'habiles reconversions, pouvait avoir quelque utilité. Les armes et les cuirasses seraient confectionnées dans un carton épais recouvert de papier argenté et les meubles avec des lattes inutilisées pour les portants. Rafistolés, ravaudés, rafraîchis, ces détritus trouvaient une utilisation noble et entreprenaient une nouvelle carrière dans l'art dramatique.

Lorsque Maurice Broquier venait nous voir travailler, l'atelier devenait une scène de cabaret où il déployait ses dons pour la pitrerie. Il apportait parfois son violoncelle, nous jouait ses partitions favorites, Bach et Haendel, et se livrait, en cours d'exécution, à des improvisations hasardeuses, des grimaces, et des facéties irrévérencieuses, sans que son talent en pâtît.

Pour rendre moins austère et moins morose l'ambiance du château, il se dépensait en fantaisies plus ou moins saugrenues : il organisait des courses aux ânes, se déguisait en satyre pour effrayer Toinette, escaladait les arbres du parc, surgissait à l'apéritif du soir costumé en diplomate du Second Empire avec des touffes de laine grisâtre sur les joues en guise de favoris, ou en Henri IV barbu comme un satrape de Ninive...

Malgré une cohabitation constante et le désir de savoir ce que cachait cette propension permanente à la fantaisie et à l'humour, je n'avais avec Maurice que des rapports superficiels. Lorsque je tentais d'obtenir de lui une confidence, voire un simple signe d'amitié, il se dérobait avec un sourire élargi jusqu'aux oreilles ou une pirouette verbale. Il me décevait un peu, mais sans qu'à aucun moment il cessât de m'intéresser ou de me divertir.

Je me demandais quel serait son comportement le jour où la Milice ou la Gestapo ferait irruption au château et lui demanderait ses papiers. Peut-être répondrait-il par une boutade, comme dans le rôle du bouffon de Lucius, qui lui avait été attribué. Peut-être, comme dans le film *Le Baron fantôme*, tomberait-il en cendres avec un rire sardonique...

André Malraux resta quelques semaines sans donner de ses nouvelles. Celles que Roland avait obtenues lui venaient de son complice en Résistance, René Juge, ami de l'écrivain.

Malraux ne devait jamais reparaître à Castelfranc. En revanche, Roland le rencontra à Brive, au printemps, à la terrasse d'un café. Il était plus nerveux que jamais et n'arrêtait pas de fumer. Mal fagoté, mal rasé, il avait caché le bras de son visage sous un foulard, comme s'il souffrait des dents.

— Simple précaution, dit-il. Il serait aisé de me reconnaître : ma binette figure à la vitrine des librairies...

A son retour, Roland débordait de joie : il nous annonça que Malraux venait de se réveiller, de franchir le Rubicon et d'entrer de plain-pied dans la Résistance, sous l'uniforme du colonel Berger.

Les chefs de la région R5 avaient longtemps reproché au héros des Brigades internationales et à l'écrivain de *L'Espoir* son « splendide isolement », à Paris, sur la Côte d'Azur puis dans sa gentilhommière de Saint-Chamant.

On l'avait incité à rejoindre, à Londres, le général de Gaulle, mais il n'aimait guère cet officier sorti *on ne savait d'où*, et n'appréciait pas le style de ses discours. Rejoindre un groupe clandestin ? Il ne voyait dans cette forme de résistance que manque d'organisation, discordes, pis-aller... Il ne se déciderait à sacrifier sa sacro-sainte liberté que le jour où l'Amérique entrerait dans le conflit et que les événements prendraient un tour sérieux.

Il ne décourageait pas les chefs de maquis venus le relancer, mais il leur opposait sa volonté de ne s'engager qu'à bon escient et de tenir un rôle de premier plan. Il se refusait à jouer les seconds rôles dans ce drame. D'un récent séjour à Paris, il avait rapporté un mystère qu'il n'effeuillait qu'avec prudence et parcimonie, en laissant planer des ombres, comme si le sort de la guerre dépendait de sa décision.

— Ce qui m'intrigue, nous dit Roland, c'est ce grade de colonel qu'il s'est décerné. A ma connaissance, rien ne le confirme ni ne le justifie, sinon qu'il a combattu en Espagne avec celui de *coronel*. Il se dit investi d'une *mission*. Laquelle, et par qui ? Aurait-il été adoubé à distance, par Londres ? Il est difficile de savoir à qui l'on a affaire : au patriote sincère ? au romancier fabulateur ? au mythomane ? Qui peut savoir la véritable nature et les intentions de ce Janus ?

Du fait qu'il se déplaçait fréquemment en cette période, à Paris, en Corrèze, dans le Quercy ou le Périgord, qu'il multipliait les contacts avec les chefs de la Résistance, on pouvait augurer qu'il était vraiment entré dans le jeu, sans doute avec la bénédiction d'une autorité supérieure.

— Je crois qu'il souhaite sincèrement nous aider, dit Roland, mais pourquoi se donne-t-il de ces allures de Messie ?

Il avait rapporté de leur rencontre à Brive un faisceau d'impressions équivoques ou contradictoires. Il voyait dans Malraux un esprit supérieur, un personnage mythique juché sur un piédestal et qui contemple, grouillant autour de lui, un peuple de fourmis désemparées, qu'il avait pour mission de ramener à la discipline. Un sphinx aussi...

— Cette mission dont il se dit investi, Malraux est-il capable de l'assumer ? J'avoue mon ignorance. Un grand écrivain n'est pas forcément un meneur d'hommes ni un génie de la politique...

Après l'incident de l'atelier, les visites de Lina s'étaient raréfiées puis interrompues.

Personne ne s'en plaignait, surtout pas Pierre, qui avait confirmé leur rupture à cette fille perverse et dangereuse. Il avait reporté son affection et ses désirs sur une jeune Juive, Rachel, qui se faisait appeler Julie et dont les parents avaient été déportés. Roland l'avait recueillie comme un oiseau tombé du nid, pour lui éviter le même sort.

Jolie malgré sa nature chlorotique, son visage émacié, son regard timide derrière ses lunettes cerclées de fer, discrète comme une ombre, elle cherchait toutes les occasions de se rendre utile. Elle nous distrayait le soir en jouant au piano des airs de Roumanie, dont sa famille était originaire, et, en duo, avec Maurice, des pièces classiques. Habile en matière de couture, elle aidait Toinette et Pauline à rapetasser les vieilles défroques du grenier et à confectionner, tant bien que mal, des costumes de scène.

Un matin du mois de mars, nous eûmes un moment d'émotion : un groupe de miliciens sauta d'un camion, mitraillette au flanc, pour procéder à une perquisition.

Une bonne heure leur fut nécessaire pour les vérifications d'identité, la fouille du château, des annexes et de la ferme. De toute évidence, ils souhaitaient nous intimider plus que nous nuire. Pourquoi ? Je l'ignore, mais il était facile de deviner, derrière cette opération, l'intention de cette peste de Lina de se rappeler à notre souvenir...

— Je pense, nous dit Roland, qu'ils avaient prévu de tâter le terrain pour une opération de grande envergure. Il faudra nous montrer de plus en plus vigilants. J'ignore ce qu'ils cherchaient, mais je crains qu'ils ne reviennent en force. Et alors, gare !

Ce que cherchaient les miliciens, j'en avais une vague idée. Elle se confirma lorsqu'ils tentèrent de nous *cuisiner*, Pauline et moi, avec plus d'insistance que les autres membres de la communauté. Nous étions dans la ligne de mire de Lina.

Je compris qu'elle ne nous lâcherait plus.

5

DANS LA GUEULE DU LOUP

L'arrivée, à la fin du mois de mars, de Pierre Brassier et d'Odette Bonheur apporta une diversion salutaire à nos tracas et à nos inquiétudes.

Ils venaient pour un week-end, afin de retrouver le petit Claude et de prendre des nouvelles de notre spectacle. Ils restèrent une semaine. Les difficultés de ravitaillement et l'insécurité s'étaient aggravées dans la capitale. Les gens qui travaillaient dans les milieux du théâtre et du cinéma avaient à subir la surveillance et les pressions permanentes des autorités d'occupation. Dans ces conditions, monter une pièce de théâtre ou réaliser un film relevait de la gageure.

Leur présence égayait nos repas. D'une voix tonitruante, Pierre Brassier déversait à flots anecdotes, opinions et mots d'esprit. Il fallait, en se levant de table, le raccompagner jusqu'à sa chambre. Ivre, violent, il se hérissait et, à la moindre contrariété, devenait agressif et vulgaire. Odette ployait la tête sous l'orage, le couvait d'un regard indulgent, s'excusait auprès des autres convives de ces humeurs d'ivrogne : Pierre, disait-elle, était le meilleur garçon du monde, attentif et généreux pour ses amis et collègues de travail. L'alcool le rendait à demi fou, mais il ne pouvait s'en passer.

En regagnant sa chambre, il raflait à la cuisine une bouteille de vieux marc pour la nuit. Avant de sombrer dans le sommeil, il faisait retentir le château de ses chansons et de ses diatribes. Odette le trouva un matin couché en compagnie d'une fille pêchée au cours d'une virée avec Maurice dans les bistrots du bourg. En d'autres circonstances, il lui imposait la présence d'une de ses maîtresses, Germaine, à laquelle il avait envisagé de faire jouer le rôle principal de la pièce, Lucida, à sa place.

Ils repartirent, leur coffre de voiture bourré de victuailles, en promettant de revenir un mois plus tard, pour les premières répétitions, « lorsque ces salauds de Boches auraient décampé ».

Un mois... On était loin du compte !

Au début d'avril, alors que la campagne était en fleurs et que la Vézère roulait les lourdes eaux de neige du plateau, Pauline m'annonça qu'elle était enceinte. Une visite au médecin du bourg le lui avait confirmé. Cela ajoutait une touche de lumière à notre vie quotidienne, dont rien ne semblait devoir troubler la sérénité.

Est-il besoin de le dire ? Cette nouvelle me combla de bonheur. Elle donnait à nos rapports une assise solide, par le volume et le poids de cette chair qui allait mûrir et s'épanouir entre nous. Elle opérait entre nous une gémellité sans faille. Elle nous soudait l'un à l'autre.

Jour après jour, Pauline devenait plus affectueuse, non seulement avec sa sœur, qui l'agaçait et qu'elle rabrouait avec une rudesse toute paysanne, mais avec moi particulièrement. J'avais l'impression qu'elle me témoignait, par anticipation, la tendresse qu'elle donnerait à notre enfant. Elle me couvait des yeux, me souriait, plongeait une main dans mes cheveux et me caressait le visage comme pour s'imprégner de sa forme et la transmettre au fœtus, à la manière d'un pantographe.

Elle me disait :

— Cette fois-ci, ma décision est prise. La guerre finie, je retournerai au Madelrieux et je reprendrai tout de zéro. Je me refuse à croire que ma famille, qui habite cet endroit depuis des siècles, disparaisse en ne laissant que des ruines derrière elle. C'est là que j'accoucherai et que je fonderai une famille. Si tu es toujours d'accord, tu m'y aideras. Roland aussi : il m'a promis de me prêter de l'argent, du bétail, des instruments, et tout ce qu'il faut pour nous réinstaller. Dans un premier temps, celui que nous mettrons à reconstruire la ferme, nous logerons chez ton oncle des Mazières.

Informé de l'événement, Roland n'avait pas débordé de joie. Il s'était même montré, d'emblée, contrarié.

— Un gosse ? Vous deux ? Eh bien, ne comptez pas sur moi pour vous faire des compliments ! Vous auriez dû attendre la fin de la guerre, nom de Dieu ! Vous avez sans doute oublié, en filant le parfait amour, que, l'un comme l'autre, vous êtes en danger ?

Il ajouta d'un ton sec :

— Je connais une matrone de Saint-Viance qui pourra régler ce problème. Pauline, tu vas prendre rendez-vous. Elle habite...

— Il n'en est pas question ! protesta Pauline. Quoi qu'il puisse arriver, je garderai cet enfant. Je reconnais que nous aurions dû prendre des précautions, mais, puisqu'il est là, je ne m'en séparerai pas.

Je pris son parti avec vigueur. La venue de cet enfant nous comblerait tous les deux. Il n'y avait pas à discuter. Il haussa les épaules, laissa filer un long soupir.

— Vous êtes deux fameux imbéciles ! Ce n'est ni le lieu ni le moment pour pouponner et faire des projets.

— Il n'y a pas de moment ni de lieu pour ça, répondis-je. Cet enfant, nous le garderons. Si tu t'y opposes, nous partirons.

— Pour aller où, innocents ? Au Madelrieux, dans les bois ?

— A Brive, chez mes parents, ou chez mon oncle, aux Mazières. Ils seront trop heureux de nous accueillir.

— A Brive... à Brive... Tu sembles ignorer la situation ! La ville est comme en état de siège. Les entrées sont filtrées. L'autorité militaire est sur les dents et perquisitionne à tour de bras. Personne n'y est à l'abri. Si vous arriviez à pénétrer dans la ville, vous seriez pris à la moindre imprudence. Et ne comptez plus sur moi pour vous aider ou vous ravitailler. Après les réquisitions de ces derniers jour, je joins à peine les deux bouts.

Roland, je ne le savais que trop bien, n'exagérait pas. Une fois ou deux par mois, avant le blocus dont il parlait, je hasardais une incursion jusqu'au domicile de mes parents pour leur apporter, avec des nouvelles, les vivres qui leur faisaient cruellement défaut. J'échappais, non sans mal, aux patrouilles et aux vérifications d'identité. Notre installation leur poserait des problèmes insolubles, d'autant que Pauline, Luce et moi étions dépourvus de tickets d'alimentation et de moyens de faire appel au marché noir. Quant à nous réfugier aux Mazières, cela créerait bien des soucis à ces deux pauvres vieux, et Mélanie était malade.

Roland reprit d'une voix plus calme :

— Réfléchissez, les enfants. Je ne puis m'opposer à votre décision et à votre départ, mais je les déplorerais. J'ajoute même que je vous comprends et que je regrette ma réaction, un peu trop vive, je le reconnais. Vous vous aimez et cet enfant est la consécration de votre amour. Gardez-le et restez, avec ma bénédiction, mais je vous aurai prévenus.

Malgré sa grossesse, Pauline n'avait pas renoncé à enfourcher sa bicyclette pour aller porter aux camps des environs les messages dissimulés dans le guidon ou sur elle. Roland lui avait proposé de l'exempter de ces missions dangereuses. Elle ne l'entendait pas de cette oreille.

— J'arrêterai, me dit-elle, oui, mais lorsque je ne pourrai pas faire autrement, mettons... dans quatre ou cinq mois. Ces missions sont pour moi comme une drogue. Je prends plaisir à retrouver nos petits gars, et ils sont heureux de me revoir. Je leur sers parfois de confidente : ils me parlent de leur métier, de leurs amours, de leur famille, de ce qu'ils feront la guerre terminée. Ils me confient leur courrier, que j'affranchis et que je poste. Certains même – ne te fâche pas, Julien ! – me font un brin de cour, me proposent une petite promenade dans les bois... Il faudra pourtant bien que je m'arrête un jour, le temps d'accoucher, mais rien ne presse. D'ailleurs, d'ici là, il y aura du nouveau sous le soleil...

Pauline s'absenta, un matin du début de mai pour une mission dans la forêt de Vergnolles, non loin de la grosse bourgade de Flaujat, où, tant bien que mal, vivotait une petite unité de FTP. Avant d'enfourcher sa bicyclette, elle me jeta un baiser sur la joue.

— Ne t'inquiète pas, mon chéri, me dit-elle, si je reviens un peu tard dans la soirée. Je resterai déjeuner avec les gars et je ferai au retour quelques courses à Flaujat. J'ai emprunté à Roland quelques livres de philosophie pour le chef. C'est un officier de l'armée de l'Armistice, ancien prof et qui manque de lecture. Dis à Roland que je les lui rapporterai dès que possible.

— Prends garde. J'ai vu passer des camions de la Milice tout à l'heure. Il y a de la nervosité dans l'air. Tu risques d'être arrêtée par des barrages.

Elle me jeta, du ton gouailleur qu'elle prenait parfois en plaisantant avec Pierre Brassier :

— Te bile pas, mon Juju ! Les barrages, ça me connaît ! Un sourire, un petit mot gentil, et salut la compagnie ! Maintenant que j'ai ton enfant dans mon ventre, tu penses bien que je vais redoubler de précautions. Je t'aime, mon chéri...

Comme chaque fois qu'elle partait en mission, je l'ai regardée dévaler à toute vitesse, debout sur les pédales, sa robe soulevée par le vent, le chemin en lacet menant à la ferme, disparaître derrière un bouquet d'arbres, resurgir un peu plus loin, longer le chemin de terre en ligne droite séparant les pacages, et tourner à gauche pour s'engager sur la route goudronnée qui mène au bourg, puis à Flaujat. Je l'ai suivie des yeux jusqu'aux premières maisons, avant de reprendre mon travail, en compagnie de Fieschi et de Rachel, occupés à la confection des costumes.

— Nous n'y arrivons pas, gémissait Pierre. Quelque chose cloche dans le costume de Lucius. Je ne le trouve pas assez... pas assez *antique*. J'aimerais avoir l'avis de Pauline. Dis-lui de venir jeter un coup d'œil.

— Elle vient de partir en mission pour le groupe de Vergnolles.

Il eut un sursaut, me demanda de répéter ma phrase.

— Eh bien, quoi ? Oui, elle est partie pour Vergnolles, il y a quelques minutes.

— Et elle compte passer par Flaujat ?

— Sans doute, à moins qu'elle ne suive la Vézère, mais ça allongerait son itinéraire.

— Nom de Dieu ! s'écria-t-il. Il faut la rattraper ! Roland n'aurait pas dû la laisser partir. C'est de la folie ! Ça barde, à Flaujat. Il y a eu des incidents graves. La Milice et les GMR sont sur les dents. Prenons la Simca...

— Roland est parti avec.

— Alors, prends le vélo de la fille Meyjonade et file !

Si tu ne rattrapes pas Pauline avant les barrages, tout peut arriver, et le pire...

J'ai dévalé à toutes jambes le chemin menant à la ferme et demandé à Arlette de me prêter sa bicyclette. Elle a accepté, mais une roue était à plat. J'ai commencé à la regonfler, avant de constater que la chambre à air était crevée. Entreprendre de la réparer eût demandé trop de temps.

J'ai sauté sur la selle et j'ai foncé dans la ligne droite en évitant les trous. Déséquilibré par l'un d'eux, j'ai fait une chute sans gravité à l'embranchement de la route de Flaujat.

A peine relevé, prêt à reprendre mon équipée en dépit d'un genou couronné et de contusions à l'épaule, je me suis arrêté net : un véhicule de transport des GMR stationnait à l'entrée du bourg. Pauline avait dû éviter ou franchir sans peine cet obstacle, car tout paraissait calme. Des gendarmes faisaient tranquillement les cent pas au milieu de la chaussée, l'arme à la bretelle.

Je me suis dit que je pourrais rejoindre Pauline au-delà du bourg en le contournant par le chemin de rive de la Vézère. A peine m'étais-je engagé dans la prairie, qu'une autre voiture de GMR venant de la direction de Brive avait surgi sur le pont. Interpellé, sommé de m'arrêter, j'ai obtempéré.

Un gendarme m'a demandé mes papiers, les a examinés, me les a rendus sans faire d'histoires.

— Vous êtes blessé ? Où alliez-vous ?

— Au bourg, acheter des timbres.

— Vous ne preniez pas la bonne direction.

— Je voulais voir, par la même occasion, si ma barque avait résisté au courant. Il est très fort, ces jours-ci.

— Ouais... Votre domicile ?

— J'habite au château de Castelfranc, chez monsieur de Jonvelle.

— Et vous y faites quoi ?

— Du théâtre.

— Hein ? Quoi ? Du théâtre ? Vous vous foutez de nous, jeune homme !

— Je construis les décors d'une pièce pour les enfants de l'école primaire.

— Je vois... Un artiste... Hum ! Bien, vous pouvez passer.

J'ai interrogé le gendarme sur la nature des événements qui avaient déclenché un tel mouvement d'effectifs. Il m'a appris que des *terroristes* avaient plastiqué plusieurs maisons de Flaujat et assassiné un responsable de la Légion des combattants, très proche de la Milice.

Roland ne rentra qu'à midi d'une réunion de responsables de la Résistance, qui s'était tenue dans les environs de Brive. Il avait franchi sans obstacle, avec sa Simca, les barrages semés sur son chemin, grâce à quelque viatique dû à la complicité d'un officier de la Wehrmacht venu sabler le champagne et faire bonne chère au château.

Je lui dis d'un air sombre :

— Tu as eu tort de laisser partir Pauline ce matin.

Tu aurais dû savoir qu'elle avait un secteur dangereux à traverser. Il y a des barrages partout et Flaujat est quasiment en état de siège.

Il se laissa tomber sur une marche du perron, fit claquer sa main sur son front.

— Nom de Dieu ! Tu me l'apprends. Ça s'est passé quand ?

— Cette nuit. Les maquisards ont tué le responsable de la Légion et plastiqué plusieurs maisons de collabos. Je crains le pire pour Pauline.

— Il y a longtemps qu'elle est partie ?

— Une demi-heure environ, mais elle roule vite, tu le sais. J'ai tenté de la rattraper, mais les GMR m'ont refoulé et le vélo est hors d'usage.

— On va prendre la voiture. Monte avec moi. Putain ! oh ! putain... On va tâcher de l'intercepter avant qu'elle arrive à Flaujat. Elle risque d'être cueillie par la Milice.

Roland démarra en trombe, écrasa une oie qui venait de sortir de la cour de ferme, franchit sans difficulté le barrage installé à l'entrée du bourg et bloqua son compteur dans les lignes droites menant en direction de Flaujat.

Des difficultés nous attendaient.

Au premier barrage, fouille de la voiture et de ses occupants. Au deuxième, à quelques kilomètres, même manège, mais avec davantage de réticence à nous laisser poursuivre notre route. Au troisième barrage, constitué par des miliciens, les choses se compliquèrent. Certaines de ces brutes nous mettaient le canon de leur mitraillette sous le nez en hurlant des insultes et des menaces. Au-delà, dans le vaste jardin public, on avait traîné des otages. Des coups de feu éclataient de toutes parts, venus notamment de la place de l'Eglise, où les miliciens tiraient par bravade sur les persiennes fermées et dans les vitrines.

Un chef à grosses moustaches et à la voix rocailleuse de méridional s'avança vers nous, un parabellum au poing, l'air d'un dogue.

— Qu'est-ce que vous venez foutre là, vous deux ? Qui êtes-vous ? Où allez-vous ? Vos papiers !

Tandis qu'il examinait nos documents, Roland l'informa que nous étions à la recherche d'une jeune femme à bicyclette, sa servante, qu'il avait envoyée étourdiment faire des emplettes, en vue, ajouta-t-il, d'une réception qu'il organisait pour la visite au château de son *ami*, le *Hauptmann* Krantz, de la garnison de la Wehrmacht, et de quelques *Unteroffiziers*.

— Une réception au château ? hurla l'officier. Vous vous foutez de ma gueule ? Et ces papiers... des faux ! Vous êtes des terroristes. Descendez de voiture et suivez-moi !

— Vous pourriez bien regretter votre attitude ! protesta Roland. Si nous étions des *terroristes*, nous ne serions pas venus nous jeter dans la gueule du loup ! On entend vos hommes tirailler à des kilomètres à la ronde

Désarçonné par ce raisonnement empreint de la logique la plus élémentaire, l'officier grogna :

— Dites-moi au moins ce que vous êtes venus faire !

Excédé, à bout de nerfs, Roland lui répéta que nous étions à la recherche d'une jeune femme qui roulait à bicyclette. Il fallut parlementer, un temps qui me parut interminable. Autour de nous, des groupes de *milicos* passaient en chantant *Maréchal nous voilà !* et en brandissant leurs armes, certains buvant au goulot des bouteilles volées au café. Deux corps étaient allongés près du pont sur la Loyre, la petite rivière qui traverse la localité. La place centrale grouillait de miliciens.

— S'il s'agit, dit le chef, de cette garce qui tentait de nous échapper, vous la trouverez dans la remise du boulanger.

Je demandai d'une voix étranglée si elle était vivante.

— Vivante, oui, mais blessée. On a dû lui tirer dessus.

Roland me retint par le poignet, alors que je m'apprêtais à bondir hors de la voiture pour me précipiter à l'endroit indiqué. Il me dit à voix basse :

— Pas d'imprudence. Ne t'énerve pas. Nous sommes dans un foutu pétrin. Alors, n'en rajoute pas.

— Je vais vous faire accompagner, dit l'officier. Seuls, vous auriez du mal à y arriver.

La boutique du boulanger était fermée, de même que les fenêtres de l'étage. La remise se trouvait derrière, gardée par deux factionnaires assis par terre, avec entre eux une bouteille de vin. Ils paraissaient somnoler, mais se dressèrent en nous voyant descendre de voiture, et nous mirent en joue, après que nos accompagnateurs se furent retirés.

— Laissez-nous entrer, dit Roland. Nous venons chercher la fille blessée. Le chef est d'accord pour que nous l'emmenions.

— Pas question ! dit l'un.

— Nous avons des consignes, précisa l'autre.

J'insistai :

— Laissez-nous au moins la voir. Quelques minutes...

— Ça, répondit le premier, c'est pas interdit.

Ils s'écartèrent pour nous laisser pénétrer dans la remise où des tas de fagots alternaient avec des monceaux de sacs de farine vides. Trois corps étaient étendus à même le sol : deux hommes et une femme. La femme était Pauline. Je sentis mon cœur se contracter. Elle avait reçu une balle dans la cuisse, une autre à l'épaule, et son visage était tuméfié. Comme elle paraissait consciente, je tentai de lui parler. Elle ouvrit les yeux, murmura :

— Julien... mon Julien... tu es venu...

Sa main se tendit vers moi et retomba. Elle eut le temps de murmurer, avant de s'évanouir, une bulle sanglante à la commissure des lèvres :

— Ils m'ont fouillée... rien trouvé... Mon Julien, je...

Sa jupe, au niveau des cuisses et de la poitrine, était maculée de sang.

— On peut encore la sauver, dit Roland. Vous deux, allez prévenir le docteur Souchaud. Dites-lui que c'est de la part de monsieur de Jonvelle.

— Et pourquoi pas l'ambulance ? ironisa l'un des gardiens. Plus de toubibs dans le patelin. Tous embarqués. Les toubibs, c'est terroristes et compagnie...

— Vous voyez bien qu'elle continue à perdre son sang ! Laissez-nous au moins la soigner.

— Faut pas y toucher, nom de Dieu ! C'est la consigne. Essayez et je vous flingue !

Sur le coup, je sentis une bouffée de colère me monter à la tête.

— C'est ma femme ! protestai-je. Elle est enceinte. Vous ne m'empêcherez pas de la soigner. Allez prévenir votre chef, si vous voulez !

Après s'être concertés d'un regard, ils consentirent à ce que Roland et moi lui apportions les soins de première urgence. Je fis de la charpie, avec mon petit gilet de flanelle, pour étancher le sang. La blessure de l'épaule était sans gravité, la balle n'ayant fait qu'une éraflure longue mais peu profonde, mais celle de la cuisse paraissait plus grave : le projectile était resté dans la plaie, qui saignait d'abondance. Je réclamai de l'eau ou de l'alcool. L'un des miliciens me tendit une fiole contenant un reste de marc. Roland en nettoya la plaie tandis que je préparais les pansements.

J'en profitai pour tenter de récupérer le message, au cas où elle l'aurait porté sur elle, mais je ne le trouvai pas. Elle avait dû le placer dans le guidon ou le jeter avant d'être abattue. Ce qui était certain, c'est que ses poursuivants ne l'avaient pas découvert. Sinon, ils l'auraient fusillée sur-le-champ ou mise au secret pour la questionner.

— Nous ne pouvons pas la laisser dans cet état, dis-je en me relevant, sinon, dans quelques heures elle sera morte.

— Nous n'y pouvons rien... soupira Roland. Du moins dans l'immédiat. J'interviendrai auprès de la Kommandantur pour qu'on nous la remette. Mais nous devons d'abord sortir de ce guêpier.

Pauline n'eut aucune réaction quand je l'embrassai.

Les avant-bras croisés sur la poitrine, elle paraissait dormir.

Le centre du bourg, lorsque nous l'avons traversé de nouveau en voiture, semblait en proie à la démence. Des coups de feu partaient en tous sens, autour des véhicules qui avaient transporté un corps de miliciens de Vichy, ceux de la basse Corrèze étant occupés à d'autres opérations antiterroristes. On conduisait à la mairie, en la harcelant de coups de crosse, une femme qui chancelait, les mains sur la tête. On poussait un groupe de civils dans l'église. A quelques mètres de nous, une grenade fit éclater la vitrine d'une boutique de vêtements.

Les SS n'auraient pas fait mieux.

Au moment de reprendre la route, j'annonçai à Roland que je souhaitais rester, afin de veiller à ce qu'on ne fasse plus de mal à Pauline et tâcher de trouver, à défaut d'un médecin, une infirmière à domicile, ou même un pharmacien. Il me répondit d'un ton sans réplique :

— Je te l'interdis ! N'ajoute pas la connerie à l'imprudence. Nous avons fait pour Pauline tout ce que nous pouvions. Ta présence ne servirait qu'à compliquer les choses. Sans moi, tu serais vite repéré et arrêté.

— Tu as raison, répondis-je. De toute façon ce serait inutile.

En repassant par le barrage, il fit une nouvelle

tentative auprès de l'officier à grosses moustaches pour qu'il consentît à nous laisser emmener la blessée. Réponse négative et sans appel.

De retour au château, son premier soin fut de téléphoner à la Kommandantur et de demander à parler au *Hauptmann* Krantz ; on lui répondit qu'il était en opération dans le sud-est de la basse Corrèze, où, à la suite de nouveaux parachutages, les maquis s'agitaient.

Il fit le lendemain une nouvelle tentative. Krantz lui promit de s'informer du sort que l'on réservait à Pauline. Lorsqu'il rappela, quelques heures plus tard, Roland me fit signe de prendre l'écouteur.

— Je crains, dit l'officier, que toute intervention soit inutile. Après votre départ, les miliciens ont découvert un document caché dans le guidon de la bicyclette. Un message codé, de toute évidence. Baron, vous me mettez dans l'embarras. Je ne sais plus que dire et que faire. Lorsque les miliciens mettent la main sur une proie, ils ne la lâchent pas facilement. Avec votre protégée, ils semblent persuadés d'avoir, comme vous dites, *décroché le gros lot*...

— Que vont-ils en faire ?

— Je l'ignore, mais je suis persuadé qu'ils vont la soigner correctement avant de l'interroger, peut-être la confier à la Gestapo, et là, mon cher ami, le pire est à craindre.

Il ajouta d'une voix étouffée :

— En confidence, préparez-vous à une visite non souhaitée dans les jours qui viennent. Dieu vous protège, mon ami...

Le surlendemain, alors que je confectionnais un fût de colonne en carton pour le palais du procurateur Lucius, Roland m'annonça qu'il venait de recevoir un appel de Krantz.

— Ce qu'on ne nous a pas dit à Flaujat, c'est que Pauline n'a été interpellée que parce que sa présence avait été signalée aux miliciens. Tu ne devines pas par qui ? Par cette putain, Lina Muñoz, j'en mettrais ma main au feu ! Nous ne l'avons pas vue, mais elle était sur les lieux, avec une copine de Brive. Elle était occupée à discuter avec le chef des GMR du premier barrage quand elle a aperçu Pauline prenant la tangente pour y échapper. Elle a poussé jusqu'à Flaujat en se doutant que Pauline passerait par cette localité, et elle a mis les miliciens sur la piste. La suite, nous la connaissons. Sans son intervention, Pauline serait passée sans encombre...

Il se tourna vers Pierre Fieschi, l'interpella sèchement :

— C'est toi qui nous as amené cette fille. C'est impardonnable ! Je te somme de rompre avec elle définitivement !

— C'est déjà fait, et depuis longtemps, tu le sais bien ! bredouilla Pierre. Si j'avais pu savoir à qui j'avais affaire... Nous ne la reverrons jamais.

— Moi, si... dis-je. Je la retrouverai.

Durant des jours et des semaines, contre toute logique, j'ai espéré recevoir des nouvelles de Pauline. Je vivais, si cela peut s'appeler vivre, dans un état voisin de l'anorexie et de l'aphasie. Roland devait me forcer à manger et m'arracher des mots que je ne lui livrais qu'avec parcimonie. J'errais entre le château et l'atelier dans un état second, incapable de fixer mon attention : un zombie...

Luce ne me quittait pas d'une semelle, comme si elle attendait de moi le miracle qui ferait resurgir sa sœur. Je lui avait caché les circonstances de sa disparition, lui disant qu'elle avait dû partir précipitamment pour Limoges, pour les affaires de Roland, et qu'elle tarderait à revenir.

— Julien, je te crois pas. Elle m'a rien dit. Pourquoi ?

— Parce qu'elle ne pouvait rien dire à personne, pas même à toi. Il s'agit d'une mission secrète, tu comprends ?

Ce qu'elle avait fini par comprendre, elle se refusait toujours à l'admettre. Je la rabrouai sans violence :

— Cesse de me coller aux talons, ma chérie ! Ça ne change rien. Si ta sœur ne donne pas de ses nouvelles, c'est que ça lui est interdit. Point final !

Je lui dis un jour :

— Nous avons reçu des nouvelles de Pauline, par téléphone. Elle va bien et te demande de ne pas t'inquiéter pour elle. Elle t'embrasse.

Elle se jeta dans mes bras en sanglotant et en cognant ma poitrine de ses petits poings.

— C'est pas vrai ! Tu me racontes des histoires pour me consoler. Je sais bien, moi, qu'elle reviendra pas...

Un matin de début juin, quelques jours avant le Débarquement allié, Krantz nous rendit visite, avec quelques informations que, pour plus de sûreté, il tenait à nous communiquer de vive voix. Il était persuadé que, si Roland remuait ciel et terre pour retrouver Pauline, c'est qu'elle était sa maîtresse. Roland se hâta de le détromper ; il lui exposa notre situation, en omettant de faire état de ma condition de réfractaire et de maquisard en rupture d'activité.

— Votre protégée, nous annonça le *Hauptmann*, est toujours vivante. Un chirurgien a extrait la balle restée dans sa cuisse. En revanche, elle a subi un interrogatoire serré. Si elle avait parlé, vous auriez déjà eu la visite des *messieurs* de la Gestapo. Les miliciens se sont déchargés sur eux de cette affaire.

Je demandai à Krantz quel sort, selon lui, on réservait à Pauline.

— Elle a été transférée, il y a trois jours, près de Limoges, au camp de Nexon. Il est probable que, de là, elle partira pour un dépôt de la région parisienne. Ensuite, je crains qu'elle ne soit dirigée sur un camp de concentration, en Allemagne ou en Pologne. Et alors, là...

— Pauline est enceinte, dis-je. Cela lui vaudra, sinon une libération, du moins, peut-être, un traitement de faveur.

— Désolé... Elle ne l'est plus. Elle a fait une fausse couche durant son interrogatoire, au Terminus.

Un mauvais frisson me traversa des pieds à la tête. Je sentis la main de Roland se crisper sur mon épaule, tandis que le *Hauptmann* poursuivait :

— Un détail, mais qui a son importance et peut être grave : les miliciens qui ont capturé Pauline ont trouvé sur son porte-bagages des ouvrages marqués de votre ex-libris. Ils se sont posé des questions. A qui étaient-ils destinés ?

— A une bibliothèque scolaire de Flaujat, balbutia Roland.

Un mince sourire se dessina sur les lèvres de l'officier.

— Les élèves de vos écoles sont très avancés en matière de philosophe. A cet âge, s'intéresser aux œuvres de Nietzsche et de Schopenhauer... Quoi qu'il en soit, ces livres sont à votre disposition au siège de la Milice.

— Ils y resteront. Je ne suis pas assez fou pour aller les récupérer et tomber dans ce piège grossier. Je souhaite simplement que vos auxiliaires et amis les lisent et en fassent leur profit.

— Ce ne sont pas mes amis, baron. Vous le savez mieux que quiconque !

Roland lui proposa de rester dîner sur la terrasse, où l'on avait sorti le mobilier de jardin et les parasols.

— Impossible ! répondit Krantz. Je suis ici en service commandé, censé obtenir de vous des renseignements sur les mouvements de terroristes, qui nous donnent... comment dites-vous ?... *du fil à retordre.* Evidemment, vous ne savez rien, sinon vous m'en auriez informé spontanément, n'est-ce pas ?

— Cela va sans dire. Je ne suis qu'un propriétaire terrien qui travaille pour les réquisitions officielles. Vous avez devant vous un honnête citoyen, dévoué corps et âme à sa patrie et ami du Grand Reich.

— Je n'en doute pas, dit l'officier avec un sourire complice. Merci pour votre invitation. Une autre fois, peut-être...

Pauline aux mains de la Milice... Pauline jetée dans une chambre du Terminus... Pauline enfermée dans un camp de regroupement... Pauline dans le train de Paris... Pauline sur la route du Grand Reich... Pauline... Pauline...

Des images dramatiques me traversaient l'esprit, jour et nuit. Parfois j'interrompais mon travail à l'atelier et, le regard perdu, je suivais un itinéraire imaginaire qui menait vers les sinistres camps de la mort, dont nous avions appris l'existence par la radio de Londres mais auxquels l'horreur même enlevait quelque crédit.

La nuit, mon sommeil était traversé en rafales par des cauchemars qui me faisaient gémir ou crier. Je me réveillais, la sueur aux tempes, secoué comme par des décharges électriques. Luce, à qui j'avais demandé de coucher dans ma chambre, comme pour me rappeler que Pauline vivait à travers elle, se plaignait de ce que j'interrompais son sommeil.

Lorsque, de nouveau, inlassablement, elle m'assaillait de questions sur l'absence de sa sœur, je lui répétais la fable que j'avais inventée en y ajoutant quelques détails crédibles : si Pauline ne l'avait pas embrassée avant son départ, c'est qu'elle n'avait pas voulu la réveiller.

— C'est pas vrai ! J'étais réveillée quand elle est partie. Pourquoi elle écrit pas ? Pourquoi ?

Je ne pouvais lui tenir longtemps rigueur de son insistance en me disant que, dans la même incertitude, je n'aurais pas agi autrement.

6

VISITES IMPORTUNES

Nous avons célébré le débarquement des troupes alliées en Normandie par des libations de champagne et des embrassades.

Cette petite fête était assombrie par l'absence de Pauline et par le coup de téléphone de Krantz, que Roland venait de recevoir : il lui confirmait, par périphrases, la venue, pour le surlendemain, d'un détachement de la Wehrmacht, sous le commandement du *Hauptmann* Otto Schnabel, une brute avec laquelle il n'avait pas de bons rapports. Il serait accompagné de quelques sous-officiers (des *Unteroffiziers*), et d'une dizaine d'hommes de troupe.

Cette opération aurait pu s'intituler *Vider l'abcès.* Pour les autorités d'ocupation, cette enclave de liberté et de rébellion, ce repaire de Juifs et de *terroristes* constituait une provocation intolérable, et qui n'avait que trop duré.

— Branle-bas de combat ! nous lança Roland. Cette fois-ci, c'est du sérieux. Tout ce qui peut rappeler nos rapports avec la Résistance doit disparaître ou être camouflé avec soin.

Il ajouta :

— Je compte sur vous pour faire bon visage à ces messieurs, sans que ça sente la flagornerie. A priori, nous ne risquons pas grand-chose, mais le moindre détail louche, la moindre négligence pourraient nous être fatals.

— Les armes, dis-je, qu'allons-nous en faire ?

— Les planquer dans la grange, sous le foin. Je vous en conjure : n'en gardez aucune. Harmonisez vos réponses pour le cas où vous seriez questionnés individuellement. Gardez vos faux papiers sur vous, mais ne les montrez que si on les exige. Pas d'empressement ni de nervosité : ça paraîtrait suspect. Restez calmes, sereins, comme vous me voyez en ce moment...

Abel et Georgette, deux israélites récemment arrivés, paraissaient les plus inquiets. Depuis le premier jour, ils se tenaient sans cesse par la main et ne s'éloignaient pas l'un de l'autre, le jour comme la nuit. Ils nous avaient été confiés par un responsable de la Résistance dans la région. Roland les réconforta, et ils retrouvèrent très vite confiance et courage, car c'étaient deux fortes natures.

Abel Schmidt était étudiant en dernière année de médecine, à Limoges. En revenant, un dimanche, d'une partie de campagne avec son amie infirmière, Georgette Arditti, il avait surpris des évolutions suspectes de miliciens autour de son immeuble et décampé avec seulement l'argent qu'il avait sur lui.

Ils avaient parcouru, à bicyclette, en pleine nuit, les cent kilomètres les séparant de Brive. René Juge, un ami de la famille d'Abel, les avait pris sous sa protection et leur avait fourni de faux papiers, avant de les confier à Roland. Ce dernier n'avait soulevé aucune difficulté pour les accueillir, d'autant qu'un étudiant en médecine et une infirmière pourraient toujours être utiles.

René Juge jouissait d'une entrée permanente à Castelfranc mais n'en abusait pas. Il connaissait de fond en comble, depuis l'enfance, le château et ses abords. Il m'avait expliqué que sa mère, au début du siècle, avait été la servante du baron Henry de Jonvelle, et que... Bref : il ne fallait pas être très perspicace pour trouver une ressemblance entre lui et le maître de maison, dont quelques portraits figuraient dans le salon et les chambres.

Abel était un gros garçon jovial, d'un optimisme monolithique. Il estimait que chaque revers de fortune pouvait avoir son avers : il suffisait de le découvrir et de l'exploiter. On eût dit que rien ne pouvait l'ébranler, d'autant que la passion qu'il vouait à sa compagne se conjuguait avec celle qu'il professait pour son travail.

— Vous n'aurez pas affaire à des ingrats, dit-il à Roland. Nous allons faire en sorte de ne pas vivre en parasites. Et tout d'abord, montrez-moi votre pharmacopée...

Roland lui avait mis entre les mains deux ou trois boîtes à chaussures contenant, en vrac, des médicaments depuis longtemps périmés. Il les avait jetés aux ordures.

— Connaissez-vous un pharmacien, dans les parages ?

Roland en connaissait plusieurs, dont le propriétaire de la Croix-Blanche, à Brive : le plus compétent.

— Je vais établir une liste de médicaments de

première nécessité. Pour les cas spécifiques, nous aviserons.

En quinze jours, il avait constitué une pharmacopée digne de la Faculté et propre à faire face aux circonstances les plus pressantes. Georgette en tenait le registre avec un soin constant.

Roland l'avait informé du spectacle que nous préparions.

— Si nous avons des visiteurs non souhaités, il faudra leur dire que vous êtes des acteurs professionnels et que vous appartenez à la troupe, comme nous tous.

— Vous m'en voyez ravi ! Je n'ai jamais remis les pieds sur une scène depuis le patronage et je l'ai souvent regretté. Ça me rajeunira. Et puis, être partenaire de Pierre Brassier, d'Odette Bonheur et de Maurice Broquier, quel honneur ! Georgette pourra s'occuper des détails matériels. Pas, ma chérie ?

Ils faisaient montre, en toute circonstance, d'optimisme et de confiance. Leur compagnie m'aidait à affronter mes obsessions.

Le *Hauptmann* Otto Schnabel se présenta au château avec un petit état-major de campagne, dans une voiture décapotable rappelant les Jeep qui sillonnaient déjà les routes de Normandie. Elle était suivie d'un camion bâché chargé d'une dizaine de soldats.

Roland l'accueillit sur le perron, dans une élégante tenue de ville qui l'exemptait du soupçon de terrorisme. Un sourire aux lèvres, il semblait attendre cette visite. Schnabel répondit à ses paroles de bienvenue par un grognement et négligea la main qui se tendait vers lui. C'était un homme dans la cinquantaine, trapu, voûté, visage de molosse élargi au niveau des maxillaires, regard froid derrière les lunettes cerclées d'argent.

— Quel vent vous amène, capitaine ?

— *Ach !* sûrement pas le bon, comme vous faites semblant de le croire, baron ! Je vous prie de rassembler tout votre monde sur la terrrasse. J'ai bien dit *tout le monde* ! Et déposez là vos armes, *toutes vos armes* !

Roland répliqua avec un mouvement d'indignation :

— Je suppose que vous plaisantez, capitaine. Je puis vous assurer...

— *Hauptmann*, s'il vous plaît.

— ... je puis vous assurer qu'il n'y a pas d'armes dans ce château ni nulle part ailleurs sur mon domaine. Nous ne sommes pas des terroristes. J'avais deux fusils de chasse datant de la Révolution, des articles de musée. Je les ai déposés à la mairie, comme la loi m'en faisait l'obligation. D'ailleurs je serais bien incapable de me servir d'une arme, même pour chasser...

— Je vois, monsieur... je vois... Vous êtes de ces intellectuels qui encouragent les autres à se battre pour eux.

— Si vous l'entendez ainsi...

— Je sais que vous êtes marxiste, baron. Vous avez écrit des livres qui en témoignent, vous ne pouvez pas le nier !

— J'en conviens, mais ça date du temps où le Reich et la Russie... J'avoue que j'ai flirté avec les communistes et les marxistes, mais, depuis, j'ai renoncé à la politique. Elle ne m'intéresse plus...

Roland me chargea de rassembler la maisonnée, ce qui ne me prit que quelques minutes. Il ne manquait que Luce, alitée avec une angine soignée par Abel Schmidt. Le *Hauptmann* examina chacun de nous des pieds à la tête, soulevant ici et là un menton de la pointe de sa badine, avec des *ach* et des *hum* sceptiques, avant de confier à un jeune *Unteroffizier* le soin de vérifier nos identités.

— Ces gens que vous abritez, dit Schnabel, ce sont, je présume, des Juifs et des terroristes...

— Pardonnez-moi, *Herr Hauptmann* : ce sont des gens de théâtre. Nous montons un spectacle pour la rentrée à l'école du bourg. Ces gens sont des comédiens et des techniciens. J'ai la chance d'avoir une fortune qui me permet de les héberger.

Il lui parla des acteurs principaux, retenus à Paris par le tournage d'un film pour la firme allemande Continental. L'officier parut impressionné.

— Pierre Brassier, Odette Bonheur... *Ach !* Ils ont accepté de jouer dans cette pièce de... *patronage* ? C'est surprenant !

— Moins que vous ne le supposez, *Herr Hauptmann*. Ils ont été bien accueillis dans notre région, au début de la guerre. Leur participation à ce spectacle est un moyen pour eux de nous témoigner leur reconnaissance. Vous les avez manqués de peu : ils étaient présents il y a une semaine, et auraient été heureux de vous saluer. Ils venaient prendre des nouvelles de la mise en scène, des décors... et se ravitailler, je ne vous le cache pas. La vie à Paris est si dure...

— *Jawohl !* Vous, Français, vous êtes des gourmets et des gourmands...

L'*Unteroffizier* venant de terminer sa vérification, en rendit compte à voix basse à son supérieur, lequel éclata d'un rire sarcastique.

— *Gut... gut...* Il semble, baron, que tous vos faux papiers soient en règle...

Somme toute, l'opération ne débutait pas sous de mauvais auspices. L'ambiance se détériora lorsque Schnabel aboya quelques ordres pour commander à ses subalternes de commencer la perquisition. J'en eus froid dans le dos.

Ils passèrent deux heures à visiter le château, pièce après pièce, meuble après meuble, de la cave au grenier, tandis qu'un petit commando allait effectuer la même opération à la ferme, dont les occupants avaient été informés par Roland de cette visite. En les voyant dévaler le chemin au pas de charge, je me dis que, si l'idée leur venait de l'incendier, comme au Madelrieux, cela donnerait un fameux feu d'artifice.

Roland me demanda de faire effectuer à Schnabel une visite du château. Je m'efforçai d'adopter une attitude de guide touristique, mais sans quitter de l'œil les soudards occupés à perquisitionner, par crainte d'actes de pillage ou de vandalisme.

Le *Hauptmann* resta un moment, méditatif, dans la chambre de Colette, planté devant le lit, puis devant la fenêtre dominant le paysage, muet, se balançant d'avant en arrière, les mains dans le dos, en fredonnant. Il perdit son sérieux en visitant la salle de bains. Roland, qui détestait sa belle-mère, avait accroché par dérision, au-dessus de la table de toilette, une photo représentant Colette dans une pose grotesque. L'officier pointa sa badine vers le portrait en s'esclaffant :

— *Ach !* C'est *ungeheuerlich* ! Monstrueux ! Est-ce que ce portrait est ressemblant ?

— Je l'ignore, *Herr Hauptmann*. J'étais trop jeune quand madame Colette habitait ce château. Elle n'y est pas revenue depuis longtemps, et son mari non plus. Elle s'est d'ailleurs remariée avec monsieur Goudeket, un orfèvre belge. Il veille sur elle avec la même attention que sa gouvernante corrézienne.

Il me balaya d'un regard, des pieds à la tête, et partit d'un petit rire grinçant :

— *Ach !* Pour un terroriste, vous semblez cultivé. Vous avez un langage... comment dites-vous ?

— Vous voulez dire *châtié*, *Herr Hauptmann* ?

— *Jawohl !* Châtié.

— Puis-je me permettre de vous faire observer que je ne suis pas un terroriste ? Pas un Juif non plus.

Il le prit de haut.

— Jeune homme, c'est à moi d'en juger, quand nous passerons aux interrogatoires.

Je crus défaillir lorsque, tapant à petits coups sur mon épaule avec sa badine, il me dit en martelant ses mots :

— J'en sais plus que vous le pensez, sur vous et sur votre amie, la *Fräulein* à bicyclette...

Ce qu'il savait de nous, Otto Schnabel me le révéla une heure plus tard. Installé dans le bureau de Roland, il nous fit introduire les uns après les autres. Du salon où nous patientions dans un lourd silence, nous parvenaient par moments des éclats de voix et des piétinements sourds.

Mon interrogatoire dura plus longtemps que les autres.

Le *Hauptmann* avait déposé son képi sur le bureau, à côté du Luger extrait de son étui. Avec son crâne rasé, son visage massif, il me rappelait les derniers films d'Eric von Stroheim. Il ne lui manquait que le monocle. Une jambe allongée sur le tabouret, il tapotait sa botte avec sa badine, en croquant les chocolats découverts dans la chambre de Toinette. Derrière lui, assis à une petite table, un de ses sous-officiers prenait des notes.

Lorsque j'eus nié avec véhémence toute appartenance à la Résistance, Schnabel bondit et frappa du poing sur le bureau.

— *Schweinkopf !* hurla-t-il. Sacrée tête de cochon de terroriste ! Je te répète que nous savons tout de toi ! Tu étais dans le maquis de Madelrieux, sous le commandement du lieutenant Dutheil. Tu as participé au combat du pont de Soularue. Ensuite tu t'es réfugié ici, chez ce baron communiste, pour poursuivre tes activités de terroriste, avec cet agent de liaison qui était ta petite amie : Pauline Monge, *Ça t'en bouche un coin*, comme vous dites en France, hein ?

Désarçonné, je bredouillai :

— On vous a mal informé, *Herr Hauptmann*. Je sais qui : cette putain de Lina Muñoz ! Elle nous a créé les pires ennuis, par jalousie, mais elle s'est trompée. Il s'agit de quelqu'un d'autre. Ce que vous ne savez pas et qui est la pure vérité, je le jure, c'est qu'elle a échoué en voulant me séduire. Elle s'est vengée en inventant tous ces ragots.

Schnabel se leva brusquement, me cingla la poitrine avec sa badine et se mit à tourner autour de moi en hurlant. Je laissai passer cet orage de mots en me disant que, s'il m'agressait pour de bon, je ne pourrais maîtriser un réflexe violent.

Il s'ébroua comme un cheval à bout de souffle en bougonnant :

— *Rauss !* Salaud de terroriste. *Schnell ! Schnell !* Fous le camp en vitesse !

Il saisit une bouteille de vieux marc posée sur le bureau, but quelques rasades au goulot et, d'un geste de la main, balaya ma présence.

Il avait fait son petit théâtre d'autorité.

Avec Roland et Fieschi, l'interrogatoire fut plus détendu. Comme tous deux parlaient couramment la langue de Goethe, l'ambiance y gagna en sérénité.

En sortant du bureau, Roland me dit :

— Ce qui le met hors de lui, c'est qu'il n'est pas arrivé à nous faire craquer. Comme il n'a aucune preuve formelle contre nous, il semble que le danger soit écarté. En revanche, il s'est invité à dîner et a demandé qu'on lui réserve pour la nuit la chambre de Colette...

Au cours du repas, Otto Schnabel se conduisit comme le soudard qu'il était.

Il fit ôter ses bottes par le petit Claude et, comme le gamin y mettait de la mauvaise volonté, il lui frappait la tête avec sa badine et débitait des insanités en français vulgaire :

— Sale môme ! Morveux ! Petit con !

Le bougre s'y connaissait en vin. Il ordonna que l'on débouchât une bouteille, puis une autre, fit la grimace, demanda à Roland de prendre dans sa cave un vin *honorable.* Il parut se satisfaire de deux bouteilles de pomerol de belle année, qui avaient conservé leur habit de poussière. Ce n'étaient pas les petites merveilles que Roland gardait pour célébrer la libération, mais le visage de l'officier s'épanouit. Il claqua de la langue en bredouillant :

— *Jawohl... Guuut... Wunderbar...*

Il régnait sur la tablée de ses *Unteroffiziers* comme le roi Pétaud sur sa cour, tandis que les hôtes habituels du château étaient relégués à la cuisine, Roland étant réduit à la fonction de sommelier, qu'il assumait à la perfection. De temps à autre, Schnabel émergeait de son euphorie pour apostropher joyeusement ses subalternes, leur demandant d'exprimer leur satisfaction et de se montrer moins guindés, pour faire honneur au *baron.*

Au dessert, il se leva pour entonner *Lily Marlene*, mais, s'arrêtant à la fin du premier couplet, vacilla, retomba lourdement sur sa chaise et, piquant du nez dans sa compote de pommes, se mit à ronfler.

Les sous-officiers investirent les chambres libres du château, les hommes de troupe s'entassant dans la grange sur le foin qui abritait notre cache d'armes. Nous devions apprendre le lendemain que ces derniers s'étaient conduits comme des pillards, emportant de la ferme de Meyjonade tout ce qu'ils n'avaient pu consommer en matière de liquide ou de solide.

Deux hommes furent nécessaires pour soutenir le *Hauptmann* et le conduire à la chambre qu'il s'était réservée. Il n'eut guère, je présume, le loisir d'apprécier l'ambiance qui imprégnait cette pièce : il ronflait déjà quand son ordonnance entreprit de le dévêtir.

A minuit passé, à peine avais-je regagné ma couche, des éclats de voix me firent sursauter. Je bondis sur le palier et me ruai dans la chambre de Luce, d'où venait le bruit. Deux *Unteroffiziers*, aussi ivres que l'était leur chef, y avaient pénétré et s'acharnaient sur la gamine. Je dus user de mes pieds et de mes poings pour la délivrer et jeter ces brutes dehors. Ils étaient dans un tel état d'ébriété qu'ils ne tentèrent pas de se défendre. Luce était en larmes, mais ils n'avaient pas eu le temps d'abuser d'elle.

— Ils ne t'embêteront plus, lui dis-je. Je ferme ta porte à clé.

Elle s'accrocha, en larmes, à mon cou.

— Je veux pas rester seule. J'ai trop peur. Je pourrai plus dormir. Je veux coucher dans ton lit.

— D'accord, mais promets-moi de ne plus pleurer et de dormir sans trop bouger. J'ai besoin de me reposer. La journée a été difficile.

— Je te le promets, Julien.

Elle avait, à quelques subtiles nuances près, la voix de Pauline. Je l'écoutai, le cœur serré, me parler, en reniflant ses larmes et en me piquant le dos, de ses rapports difficiles avec Claude.

— Hier, je lui ai donné une gifle. *Il faisait rien qu'à m'embêter...*

Debout peu après l'aube, en même temps que Schnabel et ses hommes, j'écarquillai les yeux en arrivant sur la terrasse déjà inondée de soleil : ils s'ébattaient dans le bassin, en tenue d'Adam. Le *Hauptmann* me fit signe de me joindre à eux. Je ne m'en sentais ni l'envie ni le courage.

Une heure plus tard, après un copieux petit déjeuner, le *Hauptmann* Otto Schnabel, souriant, rasé de frais et vif comme un gardon, sa première cigarette au bec, nous annonça son départ avec ménagement, comme si cette décision eût pu nous affecter. Sa badine sous le bras, il tendit la main à Roland en lui disant :

— Il faut m'excuser de partir si tôt, Baron, mais, comme vous dites en France, *le devoir nous appelle.* Merci de nous avoir si bien traités. Votre pomerol, mon cher, était une merveille. Il en restait une bouteille. Je l'emporte. En souvenir... J'aime, moi aussi, le bon vin de France. Savez-vous que mon nom signifie *bec* ? Ah ! ah ! *Danke schön*, cher ami, et *auf Wiedersehen.*

Il ajouta en montant dans sa voiture :

— J'espère que mes hommes se sont montrés corrects et que nous ne vous avons pas trop... comment dit-on ? *emmerdés...*

Nous regardâmes avec soulagement la voiture et le camion reprendre la route de Brive au chant du *Hors Wessel Lied.* Debout à l'avant de sa voiture, ce brave Otto nous saluait une dernière fois avec sa badine.

— Nous nous sommes fait de nouveaux amis dans la Wehrmacht, soupira Roland. J'espère pourtant qu'ils ne prendront pas trop goût à la vie de château. Ces Huns se conduisent comme en terrain conquis.

— C'est bien le cas de le dire...

Nous eûmes, quelques jours plus tard, le 14 juillet, une féerie céleste impressionnante. Une escadrille alliée passa au-dessus de la région en dispersant des nuées de confettis argentés qui brillaient d'un vif éclat, comme la mer sous l'aplomb du soleil. Cette neige de juillet n'avait pas de quoi surprendre Roland, encore qu'il fût sensible, comme nous tous, à ce spectacle. Il nous expliqua que cette multitude de forteresses volantes accompagnées de chasseurs allait procéder au plus grandiose parachutage de l'histoire de cette guerre. Cette pluie de confettis était destinée, non à agrémenter cette opération mais à brouiller les ondes...

— Julien, me dit-il, j'ai l'impression de vivre un conte de Noël, sauf que, cette fois-ci, ce n'est pas par la cheminée que le père Noël descendra sur terre...

La nouvelle des massacres de Tulle et d'Oradour, perpétrés par la sinistre division SS Das Reich le mois précédent, avait suscité un sursaut puis un regain d'activité de la Résistance, toutes armes confondues. Favorisés par les parachutages, sabotages et coups de main avaient, en se multipliant, ralenti la progression de cette formidable machine de guerre qui avait fait ses preuves sur le front russe. Elle atteignit la Normandie avec trop de retard pour compromettre le succès du Débarquement.

Après le passage de cette vague de feu et d'acier qui avait laissé derrière elle des milliers de victimes, innocentes pour la plupart, un début de panique s'était emparé des forces d'occupation et de leurs auxiliaires.

La troupe ne se déplaçait qu'en force, de plus en plus rarement. Elle se rencognait avec prudence dans ses cantonnements, comme la tortue dans sa carapace, se bornant à bloquer les issues des localités importantes par des barrages et des blockhaus que les maquisards soumettaient à des assauts meurtriers.

Pour moi, le manège des événements tournait autour d'un point fixe : Pauline.

Nous n'en avions plus de nouvelles et, pour ma part, sans m'en ouvrir à Luce, je commençais à désespérer d'en recevoir. Les contacts que Roland entretenait encore avec Krantz pour en obtenir demeuraient stériles. Compter sur un miracle eût été se bercer d'illusions. Jour après jour, au cours de cet été où la guerre faisait éclater ses colères de toutes parts, dans un orage universel, l'espoir puis le renoncement s'estompaient pour laisser place en moi à un autre sentiment : l'obsession de la vengeance.

A chaque visiteur dont nous étions sûrs, je posais la même question : savait-on où je pourrais trouver Lina Muñoz ? Les réponses étaient identiques : partout et nulle part. Sans observer la moindre prudence, elle assistait ou participait à des opérations de la Milice, seule ou avec des amies de même acabit qu'elle, mais, à l'exclusion de la demeure de ses parents, personne ne put me dire où je pourrais la localiser avec certitude.

Je me mis en devoir de partir à sa recherche et annonçai cette décision à Roland. C'était, me dit-il, une idée folle où j'allais risquer ma vie. Lina était trop bien entourée ; à la moindre tentative, je me ferais descendre ou capturer.

— Patiente, me dit-il. Nous sommes au début d'août. D'ici la fin du mois, il y aura du nouveau. Les Allemands s'effondrent sur le front de l'Est. Ils perdent chaque jour du terrain en Normandie et les garnisons de l'intérieur se replient sur elles-mêmes. Les informations que j'ai recueillies auprès de René Juge et d'autres responsables de la Résistance sont formelles : l'heure du combat libérateur approche. Nous comptons sur toi pour nous aider. Après, tu pourras poursuivre tes recherches.

— Tu parles comme un tract de la Résistance. La réalité...

— La réalité, Julien ? Je la connais mieux que toi. C'est seulement quand la région sera libérée que tu pourras aller et venir à ta guise, chercher qui tu voudras et rendre ta propre justice, avec ma bénédiction.

— Ce n'est pas demain la veille.

— Ce sera plus tôt que tu ne l'imagines. Des tractations sont en cours avec le colonel Boehmer, responsable des garnisons de la Corrèze. C'est un bon signe, non ? La ville est déjà cernée par les maquis de l'Armée secrète. Voilà la réalité, Julien. Ça t'épate, hein ? Il faut sortir de ta coquille, mon gars !

Il ajouta en me tapant dans le dos :

— Pour ce qui est de cette garce, elle s'est trop montrée avec les miliciens pour espérer nous échapper. Elle doit être déjà aux abois. D'autres que nous, figure-toi, ont envie de lui faire payer sa trahison. Nous allons assister à une belle chasse à courre.

Il me montra la direction de l'atelier.

— En attendant, au travail ! Nous avons pris du retard...

Du retard ? Roland était, sur ce plan-là du moins, mal informé.

Les décors étaient presque terminés. La grange où nous les avions dressés avait déjà l'aspect d'une scène de théâtre. Ils avaient belle allure : ceux du village gaulois comme ceux du palais proconsulaire. D'une part les lignes sobres des huttes tassées sous la verdure des chênes ; de l'autre, par contraste, la perspective rigoureuse d'une salle d'audience aux colonnes cannelées, avec dans un angle, une louve romaine couleur bronze et, dans un autre, un buste de César en papier mâché, genre marbre de Carrare...

Pierre bouillait d'une impatience que sa maîtresse, la petite Rachel, avait du mal à contenir. D'autres préoccupations lui étaient venues : les chefs des FTP lui avaient annoncé leur intention de créer, à la libération, une feuille hebdomadaire intitulée *L'Espoir de la Corrèze*, « Organe des comités du Front national ». Ils avaient obtenu l'accord de l'Imprimerie nouvelle, à Brive, pour en assurer l'impression et la diffusion.

— Nous comptons sur toi pour y collaborer, me dit-il. Je sais que tu as une belle plume. Si... si... je tiens ça de Roland !

— Tu sais, moi, la politique...

— Tu n'auras pas à t'en occuper. Nous serons là pour ça. Il y aura d'autres rubriques...

— ... comme les chiens écrasés !

— ... ou les spectacles, les livres, des billets d'humeur sur la société...

Je lui avais ôté d'emblée toute illusion de me voir embrasser une idéologie que je respectais, non sans réserve. M'engager dans un parti, quel qu'il soit, me soumettre à des obligations plus ou moins contraignantes, faire volontairement litière de mon esprit critique, autant d'obstacles à ma conception de la liberté individuelle, facette irréfragable de ma nature.

Sans rompre les ponts, je remis ma réponse aux calendes. J'avais une mission plus pressante à accomplir : retrouver Lina.

Roland vivait dans une incertitude croissante. Les lettres qu'il adressait à Pierre Brassier et à Odette Bonheur restaient sans réponse, et ses appels téléphoniques n'aboutissaient pas. Il redoutait qu'au dernier moment, malgré leurs engagements, ils ne décident de déclarer forfait, ce qui eût condamné *La Gloire de Lucida* à n'être qu'un *spectacle de patronage*, comme l'avait dit ironiquement le capitaine Krantz.

Odette, je l'appris plus tard, achevait la rédaction du roman qu'elle avait commencé à écrire à Castelfranc : *Le Château du carrefour*, que les éditions Gallimard publieraient, et qui serait suivi de quelques autres. Elle semblait aussi douée pour l'écriture que la scène. En cet été de 1944, elle poursuivait en parallèle sa carrière d'actrice, avec le film d'Autant-Lara, *Sylvie et le fantôme*, ce dernier personnage étant interprété par un jeune acteur, Jacques Tati. Entre le Flore, son cabinet de travail et les studios, elle avait un peu oublié, semble-t-il, *La Gloire de Lucida*...

Pierre Brassier, dont elle était séparée, était quant à lui, immergé jusqu'au cou dans une production en forme d'océan agité de tempêtes : le chef-d'œuvre de Marcel Carné, *Les Enfants du paradis*. Il y tenait le rôle d'un grand comédien du siècle passé, Fréderick Lemaître. Ce film allait faire de lui l'un des acteurs les plus prestigieux de son époque. Sa vie était plus agitée encore que celle d'Odette : une meute de créanciers à ses trousses, des ardoises géantes au Flore, dans les boîtes de nuit et les restaurants ne le privaient pas de parader en Mercedes ou en Hermès. Il commandait et Odette payait, malgré leur mésentente persistante.

Quant à Maurice Broquier, qui avait été, deux ans auparavant, une vedette du film d'André Cayatte, *La Fausse Maîtresse*, on était sûr, ou à peu près, malgré quelques séjours qu'il effectuait dans la capitale pour les besoins de sa profession, qu'il tiendrait parole.

Il n'empêche : nous étions sur le fil du rasoir...

Alors que, dans tout le pays, les Allemands aux abois cherchaient une porte de sortie, la libération de Brive allait éclater comme un coup de tonnerre.

A la mi-août, la ceinture de feu attisée par les formations locales de l'Armée secrète se resserra autour de la ville. Les tractations engagées avec le colonel Boehmer progressaient avec une alternance d'espoir et de doute, mais n'étaient pas rompues.

Un matin, Roland posa les mains sur mes épaules et me dit d'un ton cérémonieux :

— Julien, la garnison allemande est sur le point de mettre bas les armes. Elle se rendra non pas à ceux que l'ennemi appelle des *terroristes* et des *hors-la-loi*, mais à de véritables officiers, parmi lesquels des Anglais parachutés. Selon René Juge, qui vient de m'en informer par téléphone, Brive pourrait être, dans les jours, peut-être dans les heures qui viennent, la première ville de France à se libérer par ses propres forces.

Il eut du mal à exprimer ces derniers mots. Lorsqu'il m'embrassa, je sentis une chaleur de larmes sur ma joue. Il ajouta :

— Mon petit Julien, te voilà libéré de tes obligations. Tu sais ce qu'il te reste à faire.

Si je le savais... Ce jour, je l'attendais avec une impatience qui prenait davantage de force avec le temps.

Je lui demandai de me procurer une arme de poing. Il me fit choisir, parmi la panoplie dissimulée dans un placard à double fond, entre un revolver de Saint-Etienne, dérobé aux gendarmes, un Albion de fabrication anglaise, doté d'un barillet à six coups, et un pistolet américain, type 11-45. Je choisis ce dernier. Roland accompagna son présent d'une boîte de balles.

— Il ne faudra t'en servir qu'en dernière extrémité, me recommanda-t-il. Si tu retrouves Lina, il faudra la livrer aux autorités de la Résistance, plutôt que de faire justice toi-même, comme dans le milieu. Je sais que tu n'es pas un tueur.

— La justice officielle... Permets-moi d'en douter.

— Tu as tort. Elle sera sévère mais juste. Il y aura encore, ici et là, des exécutions sommaires, mais tout rentrera dans l'ordre à brève échéance. Nous serons moins barbares que les nazis.

Il ajouta :

— Pour ce qui concerne notre spectacle, j'ai reçu des nouvelles de Paris, ce matin, par téléphone. Les mauvaises d'abord : Odette et Maurice ne figureront pas dans la distribution. Elle est fatiguée, trop prise par son activité littéraire, et il est engagé dans un film, sans pouvoir se libérer. La bonne nouvelle, c'est que Pierre m'a confirmé sa participation. Son nom assurera à lui seul le succès de *Lucida*. Il va falloir trouver des acteurs de remplacement. J'ai quelques idées, mais il faudra faire vite...

— J'admire ton optimisme, mais je doute que ce spectacle puisse être présenté dans les délais prévus. A supposer que tu trouves des acteurs de remplacement, ce ne seront que des amateurs. Crois-tu qu'en quelques jours ils pourront se mettre dans le bain et apprendre leur rôle ? Celui de Lucida est très lourd. C'est même le pivot de la pièce.

— J'en ai bien conscience, soupira-t-il. Si j'avais connu Pauline avant d'écrire cette pièce, on aurait pu penser que ce rôle était imaginé pour elle. Dommage qu'elle ne soit pas là. C'est elle qui aurait été Lucida...

En fait, il avait son idée, dont il ne m'informa qu'avec réserve. Il avait, depuis quelques jours, décidé d'attribuer le rôle de la jeune Gauloise à l'une de ses maîtresses, Gilberte. Il lui avait confié un exemplaire de son texte ; elle avait donné son accord et commencé à répéter avec lui. Cette grande fille brune, j'en conviens, ne manquait pas de talent.

7

LA CHASSE AUX ILLUSIONS

Le lendemain, qui était le 15 août, j'empruntai à la fille de Mayjonade la bicyclette que j'avais récupérée dans un fossé, au bord de la route de Flaujat, en volant au secours de Pauline. Après avoir réparé la chambre à air et redressé une roue voilée, je fonçai vers Brive dans la première chaleur de la matinée, mon 11-45 dans la poche arrière de mon pantalon, à la manière de Paul Muni dans *Scarface*. J'étais bien décidé à m'en servir, en cas de nécessité, malgré les recommandations de Roland.

En cours de route je rencontrai des Traction ou des camionnettes bondées de maquisards, pavoisées de drapeaux, la croix de Lorraine peinte en blanc sur la carrosserie. Tous ces véhicules roulaient vers Brive. Ce spectacle me remettait en mémoire les émotions de ma jeunesse à la lecture de Hugo : *O soldats de l'An deux ! O guerres, épopées...* J'en avais les larmes aux yeux et appuyais sur les pédales avec une ardeur accrue.

Arrivé en vue des premières demeures du faubourg, en un lieu dit joliment Pampan-les-Roses, je fus intercepté par un groupe de partisans. On me demanda mes papiers ; on me fouilla ; on découvrit mon arme...

Un militaire en uniforme, portant le grade de lieutenant, me demanda d'où je venais, où j'allais, et où j'avais trouvé ce pistolet. Je lui parlai de mon séjour à Castelfranc, de l'amitié qui m'unissait à Roland. Il fronça les sourcils.

— Tu prétends que monsieur de Jonvelle est de tes relations ? Eh bien, nous allons vérifier ça... Si tu me racontes des sornettes, tu le paieras cher.

Il me consigna dans une fourgonnette, sous la garde de deux maquisards en armes, et envoya une estafette au château. Moins d'une heure plus tard, mes dires étaient confirmés et je recevais les excuses du lieutenant. J'avais eu le temps, durant cette vérification, de l'entretenir dans le détail des raisons de ma présence, mais sans parvenir à le convaincre tout à fait.

De temps à autre, des fusillades éclataient au-delà du barrage, en direction du pont sur la Corrèze. Les maquisards, comme ils le faisaient depuis des jours, s'attaquaient aux barrages allemands, tandis que les négociations avec la Wehrmacht, sans cesse remises en question et reprises, poursuivaient leur travail de Pénélope.

— Pour entrer en ville, me dit le lieutenant, il faudra attendre. Quelques heures, quelques jours peut-être. Si tu veux avoir des nouvelles de celle que tu cherches, il faudra te rendre à l'hôtel de l'Etoile. C'est en face du Terminus, près de la gare. Tu connais ? Bien. Tu demanderas à parler au patron, un nommé Ziegler. C'est un ancien parlementaire de la Moselle, réfugié en Corrèze au début de la guerre, et qui a choisi le bon camp. Comme il parle couramment l'allemand et n'était pas suspect de relations avec la Résistance, il a appris des secrets dont il nous a fait bénéficier. S'il peut t'aider, il le fera. Cette Lina Muñoz, j'ai autant que toi envie de lui régler son compte...

Je passai l'après-midi à me morfondre.

Un repas me fut proposé à la cantine, sommairement improvisée dans un camion. Des échanges de coups de feu se poursuivaient sans relâche au niveau du pont, dont nous n'étions séparés que d'environ trois cents mètres. Des tirs de mortiers alternaient avec le crépitement des armes automatiques. De temps à autre, on amenait au poste des blessés que l'on confiait à un médecin militaire.

La chaleur étouffante de l'après-midi ajoutait à mon impatience. La sonnerie du téléphone de campagne résonnait à tout bout de champ, mettant mes nerfs à rude épreuve.

Au cours de cette interminable attente, j'appris que le siège de Brive se déroulait avec l'apparence d'une partie des cartes.

Quatre bataillons de corps francs de l'Armée secrète y participaient, de part et d'autre de la rivière qui traverse la ville : l'As de trèfle au nord, les trois autres au sud : As de cœur, de pique et de carreau. Ces appellations ludiques contribuaient à dédramatiser une situation qui confinait à la tragédie historique. Je songeai à Lucida qui, à la fin de la pièce, conduit un groupe de paysans gaulois à l'assaut du palais proconsulaire avant de mourir sur l'autel de la patrie.

Le dénouement que nous attendions me semblait avoir emprunté une voie de garage. Le lieutenant s'obstinait à me détromper.

— Ne te frappe pas, mon gars ! La capitulation du colonel Boehmer interviendra avant la nuit. La navette, à ce qu'on dit, se poursuit entre la Résistance et les officiers anglais de la Mission interalliée. Toutes ces tractations se passent à l'est de la ville. J'ignore pourquoi. C'est un va-et-vient permanent. Tout semble compromis et tout repart. Boehmer est un dur à cuire, mais pas un imbécile. Il finira bien par céder.

Il était vingt heures et la chaleur commençait à décroître lorsqu'un message parvint au groupe As de cœur : celui où j'avais atterri. Il donnait au lieutenant l'ordre de se déplacer vers le centre, avec son bataillon. Le cessez-le-feu venait d'intervenir.

— C'est fait ! s'écria-t-il. Je te l'avais bien dit ! Boehmer vient de capituler. Suis-nous, si tu veux assister à un événement historique. Laisse ta bicyclette dans la ferme voisine. Tu la récupéreras plus tard. Un petit verre de gnôle avant de reprendre la route ? A la tienne, mon garçon !

Il ordonna que l'on me remette un brassard à la croix de Lorraine et me rendit mon 11-45.

Le barrage levé, le blockaus débarrassé de ses défenseurs, le pont franchi, nous étions assaillis de toutes parts, embrassés par les filles qui nous attendaient avec des bouquets et des femmes qui nous offraient du vin et des liqueurs.

Nous fîmes, dans le centre de la ville, une entrée triomphale. Les cloches des deux églises sonnaient à toute volée dans cette soirée d'août, douce, lumineuse et dorée. Nous avancions portés par l'enthousiasme populaire, une sorte de délire collectif qui balayait en rafale un passé tissé de craintes, d'incertitudes et de doutes. Je me laissais embrasser par des femmes et des filles, dont certaines m'étaient connues, étreindre fraternellement par des anciens combattants, offrir aux terrasses des cafés le vin ou l'alcool de la Victoire sorti des caves, qui me montait à la tête et me donnait l'impression d'évoluer dans un autre monde, moi qui, le matin encore, interrogeais les augures.

C'était, toutes proportions gardées, une réplique de l'entrée de Jeanne d'Arc à Orléans, dans un foisonnement de drapeaux sortis des greniers et le grondement obsédant de toutes les cloches de la ville. A moitié ivre, chancelant, passant d'un bras à un autre, je parvins à m'extraire de la liesse pour rejoindre mon domicile.

Mes parents se tenaient sagement sur le pas de la porte, comme ils le faisaient tous les soirs, à la belle saison, en compagnie de quelques voisins, pour une heure de détente. Ma mère pleurait. Mon père hoquetait d'émotion en m'affirmant qu'il m'attendait. Il avait encore des copeaux dans les moustaches, de la poussière sur ses verres de lunettes, de la sciure accrochée aux manches de sa veste de travail. Lorsqu'il me pressa contre sa poitrine, je respirai sur lui les odeurs familières du tabac, du bois frais, mêlées à celle de la cuisine.

Les voisins se pressaient autour de moi, me posaient des questions auxquelles je répondais évasivement ou pas du tout.

— Il faut le laisser tranquille, dit mon père. Vous voyez bien qu'il est fatigué.

— Ton lit est prêt, ajouta ma mère. Tu trouveras du tilleul sur le gaz.

Comme si j'avais besoin de tisane pour sombrer dans le sommeil...

J'ai retrouvé le creux de mon lit, tel que si je l'avais quitté le matin : le relief des boutons du matelas, la petite faille créée, du côté du mur, par la défaillance d'un ressort de sommier, la rugosité des draps où je m'allongeai nu. Je reconnaissais dans cette couche les moindres fléchissements, les plus subtils grincements d'une literie ancestrale, la rondeur régulière et massive du traversin, qui m'obligeait à dormir la tête haute. Elle avait été le support de l'agonie et de la mort de mes grands-parents, ainsi que d'un frère que je n'ai pas connu et dont nous n'avons aucun portrait. Je couchais dans un nid tapissé de souvenirs funèbres.

Le retour de l'enfant prodigue était trop lourd de fatigue et d'émotion pour que mon sommeil fût troublé.

Je dormis douze heures d'affilée. Quand je m'éveillai, la rue bourdonnait encore sous mes pieds avec une rumeur de volcan lointain. Je me penchai à la fenêtre. Des drapeaux tricolores pavoisaient les façades ; sur la place voisine un chanteur ambulant débitait, en s'accompagnant à l'accordéon, la *Madelon du maquis* ; une femme riait aux éclats devant la boulangerie ; des camions et des Traction passaient en trombe sur le boulevard proche... Ce n'était plus le délire de la veille, mais un chant d'allégresse, un alléluia paisible, une buée de bonheur flottant autour des clochers, au-dessus des toits.

J'avalai mon café d'orge sucré à la saccharine et plaçai mon 11-45 dans la poche de mon pantalon.

— Tu pars déjà ? me dit ma mère. On a eu à peine le temps de se parler. Où vas-tu encore ? Qu'est-ce que tu comptes faire avec ce pistolet ? Mange au moins une tartine...

— Ne te tracasse pas, maman. Je serai de retour dans la soirée. Je ne risque rien, rassure-toi. Ce soir, je te raconterai.

J'allai embrasser mon père, qui, après une promenade en ville avec un voisin, était revenu à son établi. L'odeur de la sciure fraîche creusa en moi un nid d'émotion. Je le rassurai, comme je venais de le faire pour ma mère.

Lorsqu'il reprit sa varlope, j'observai quelques changements en lui : ses gestes étaient plus lents, plus économes d'effort, sa voix avait pris des intonations moins assurées. Il avait laissé ma combinaison de travail accrochée derrière mon établi, comme si j'allais reprendre mon emploi incessamment. Le mètre pliant et le gros crayon jaune étaient toujours à ma place.

J'aurais dû lui dire, là, tout de suite, qu'il ne faudrait plus compter sur moi, qu'une autre tâche, mieux en rapport avec mes goûts et mes capacités, m'attendait.

Je songeai qu'il était trop tôt, que je ne devais pas ajouter, à quelques heures d'écart, une peine bouleversante à une grande joie.

Ma première démarche fut pour me rendre à l'hôtel de l'Etoile, où je comptais avoir un entretien avec Ziegler. Il était absent, mais je le trouverais sûrement, me dit-on, au Terminus, cet hôtel gentiment vieillot et d'aspect accueillant, malgré les souvenirs atroces qui s'y rattachaient.

Le siège de la Gestapo avait été vidé de ses occupants dès la première heure de la Libération. Il grouillait de maquisards des FFI (les Forces françaises de l'intérieur), pour la plupart en tenue des Chantiers de Jeunesse, mêlés à quelques Maghrébins et à des femmes qui portaient un pistolet à la ceinture.

J'interpellai un secrétaire qui descendait des étages, les bras chargés de dossiers.

— Monsieur Ziegler ? Vous le trouverez au premier, mais je vous conseille d'être bref. Il est débordé.

Lorsque j'annonçai que je venais de la part de Roland de Jonvelle, il se leva pour me tendre la main. Cet homme de haute taille, jeune en apparence, malgré son visage buriné par les soucis, me demanda d'un air distrait, en commençant à parcourir le dossier qu'on lui tendait, ce qui m'amenait. Je me montrai concis :

— Je suis à la recherche de ma fiancée, Pauline Monge. Elle a été arrêtée par la Milice, lors des événements de Flaujat, alors qu'elle était chargée de mission auprès du groupe de Vergnolles. Depuis, je n'ai pas de nouvelles. On m'a laissé entendre qu'elle aurait été emprisonnée dans les environs de Limoges, avant d'être envoyée en Allemagne, mais je n'ai pas de confirmation de ces faits.

Ziegler déposa le dossier sur son bureau, se leva lentement, alluma une cigarette et me tendit le paquet. Je le repoussai.

— Pauline... Pauline Monge... Ce nom ne m'est pas inconnu. Je dois t'avouer que je crains le pire. Elle a été, effectivement, autant qu'il m'en souvienne, dirigée sur Nexon, et de là dans un dépôt de la région parisienne. Il est possible qu'elle ait été envoyée en Allemagne. Possible et même probable...

Ziegler ne m'apprenait rien sur Pauline que je ne sache déjà. Je me dis qu'il serait peut-être plus généreux en informations pour ce qui concernait Lina Muñoz. Il sursauta.

— Tu recherches cette putain ? Nous aussi, figure-toi, et pas pour la décorer, tu t'en doutes ! Mais autant chercher une aiguille dans une meule de foin. Nos *milicos* ont pris la poudre d'escampette et se sont réfugiés à Limoges. Ceux que tu pourrais retrouver à Brive, il te serait difficile de les interroger : tous *kaputt*, ou près de l'être ! A mon avis, Lina a dû suivre les fuyards dans leur retraite. En revanche...

Il parut interroger l'horizon de la gare à travers la fumée de sa cigarette.

— En revanche, on a mis la main sur une de ses complices : Annette. Son nom de famille... je l'ai oublié. Ce dont je suis sûr, c'est qu'elle travaillait dans un commerce du centre de la ville. Elle passait ses loisirs en compagnie de Lina, tantôt au Terminus, tantôt en excursions, dans la voiture des *milicos*, et en parties fines dans des châteaux des environs. Une belle paire de putains ! Je me rappelle qu'Annette était une fille mince, au visage délicat, toujours bien pomponnée, mais bête comme une oie. En l'interrogeant, tu pourrais obtenir des tuyaux sur Lina.

Je sentis une bouffée d'espoir me monter au cerveau.

— Dites-moi où je peux la trouver.

— Tu connais René Juge ? Bien... Il pourra te renseigner puisqu'il a travaillé sur cette affaire de complicité avec l'ennemi. Tu le trouveras au lycée Cabanis, où la garnison allemande est consignée.

Il ajouta en me serrant la main :

— Ravi si j'ai pu t'aider. Bonne chance !

Je traversai de nouveau la ville pour me rendre à mon ancien lycée. Le grand portail était gardé par un cordon de FFI, l'arme à la bretelle. Malgré mon brassard, ils refusèrent de me laisser entrer. Comme je n'avais pas de document attestant de mon appartenance à la Résistance, je dus faire le pied de grue, assis sur un banc, à l'ombre des platanes.

Lorsque le portail s'ouvrit pour livrer passage à une Traction arborant le drapeau tricolore, je m'avançai et fis signe au chauffeur de stopper.

Durant cette période, je n'avais vu René Juge qu'une fois, à Castelfranc, mais je le reconnus sans peine à son visage rond et massif, à ses yeux saillants, à son crâne prématurément dégarni. Il me demanda par la portière, d'un ton rogue, ce que je lui voulais. Il ajouta que son temps était précieux et me demanda d'être bref. Je m'efforçai de l'être.

— Vous connaissez mon père, le menuisier Duvert, et je suis un ami de Roland de Jonvelle. Vous et moi nous sommes rencontrés chez lui...

— Bien... et alors ?

— J'aimerais demander à Annette, la fille que vous avez arrêtée, où je peux trouver Lina Muñoz.

Il griffonna sur un calepin quelques mots que j'eus du mal à traduire. J'allais le lui signaler quand il me lança :

— Salue bien Roland de ma part ! Fais gaffe : ne te laisse pas embobiner par Annette. C'est la pire des garces. Salut !

J'allais lui demander de traduire son billet, mais il avait déjà remonté la glace et ordonné au chauffeur de démarrer. Sa voiture précédait un convoi de camions de la Wehrmacht chargés des vivres découverts dans des classes du lycée, transformées en cavernes d'Ali Baba. De quoi tenir un siège de plusieurs semaines. Un des FFI chargés de convoyer ce trésor vers un centre de distribution me lança au passage un paquet de tabac gris que je m'empressai de porter à mon père.

— Ça tombe bien, me dit-il. Ma blague est vide depuis hier.

Je partageai le repas de mes parents, assis à ma place habituelle, avec, en face de moi, par la fenêtre, la ligne de collines bornant au sud le bassin de Brive. Le vert des bois et des prairies commençait, dans l'intense chaleur d'août, à virer au gris. Mon regard s'y attachait, tandis que je poursuivais le récit de mon odyssée. Je songeais qu'au-delà de cette frange s'amorçaient les chemins et les routes, qui, par-dessus les massifs du bas pays, conduisent vers la terre d'élection de mes premières amours.

J'étais si las que ma sieste dura deux heures.

En m'éveillant, j'avalai sans plaisir une tasse de café d'orge, avant de prendre, à pied, le chemin de Pampan-les-Roses, où j'avais laissé ma bicyclette.

La chaleur était si oppressante que je remis au lendemain ma visite à Annette. Je la trouverais dans les faubourgs de l'ouest, mi-urbains, mi-ruraux, à l'opposé de l'endroit où j'avais abandonné mon vélo. Je me dis que j'attendrais le matin suivant. Cette fille ne risquait pas de s'envoler.

Le temps qui me restait avant le repas du soir, je le passai à flâner en ville.

L'ambiance était relativement calme. Des maquisards déambulaient en groupes, s'assemblaient aux terrasses des bistrots, débitaient des histoires et distribuaient généreusement des cigarettes. On y parlait de ce jeune héros FFI qui s'était couché sur une grenade dégoupillée, près du pont, pour éviter qu'elle ne blesse ou ne tue les gens qui l'entouraient. La *Madelon du maquis* retentissait avec les accents de l'accordéon, sur la grande place du Théâtre. Des passants entouraient le corps d'un milicien abattu pendant la nuit, dans une venelle. On en écartait les enfants.

Je commandai une bière à la terrasse du Café de Paris, à l'ombre d'un platane. Un officier expliquait aux maquisards qui l'entouraient que la guerre ne s'était pas achevée avec la libération de Brive et qu'il faudrait poursuivre les Allemands jusqu'aux extrêmes limites du Grand Reich. Déjà, des formations de maquisards avaient rejoint la 1re Armée française qui, débarquée en Provence, remontait le courant rhodanien en mordant l'ennemi aux talons.

J'observai qu'il n'y avait parmi eux aucun FTP : ils étaient mobilisés, m'apprit-on, dans la région de Tulle et d'Ussel, au nord du département, où la brigade Jesser, qui occupait encore Egletons, faisait peser une menace sérieuse sur le chef-lieu. On n'avait pas oublié la tragédie des pendaisons...

A mon retour chez mes parents, ma mère m'entraîna dans la salle à manger, où, sous le lustre, à la place du vase aux fleurs artificielles, trônait une coupe pleine à ras bord de citrons.

— Ça, par exemple ! Où les as-tu trouvés ?

Elle m'expliqua qu'un convoi ferroviaire venant d'Espagne avait fait halte en gare de Brive et n'avait pu repartir, à la suite de sabotages. Il transportait des wagons d'agrumes... et de briquets. Plutôt que de laisser les fruits s'abîmer avec la chaleur, les services de la municipalité provisoire avaient choisi de les distribuer à la population, par camions, sur les places de la ville.

— J'aurais préféré des oranges, dit-elle, mais c'est toujours bon à prendre. Les citrons sont pleins de vitamines...

Elle prit un de ces fruits, le caressa, le porta à ses narines. Elle en avait oublié l'odeur et le goût.

Ma mère avait agrémenté le dîner d'un de mes desserts favoris : une tarte aux pommes. Mon père m'invita à me joindre aux voisins, curieux, dit-il, de connaître les péripéties de mon odyssée héroïque... Je me récusai. Jouer les héros ou les récitants n'est pas dans ma nature, et d'ailleurs j'avais un autre projet : m'offrir une séance de cinéma.

Proches de notre domicile au point qu'on entendait la cloche annonçant l'ouverture, les Nouveautés jouaient en boucle, depuis des semaines, en alternance, les mêmes films, les programmes n'ayant pu être renouvelés : *Toute la ville danse*, qui racontait l'histoire de Johann Strauss, avec Liliane Harvey et Fernand Gravey, et deux films allemands de la Continental : *La Ville dorée* et *Les Aventures du baron de Münchhausen*, des féeries aux couleurs délavées, pour faire oublier les misères du temps. La salle dite, sur les affiches, « en ciment armé, naturellement fraîche » baignait dans une atmosphère d'étuve, si bien que je partis avant la fin, sur un air de valse viennoise de Johann Strauss.

A huit heures, le lendemain, j'enfourchai ma bicyclette pour me rendre dans le faubourg de l'est. En partant de bonne heure, je comptais éviter les grosses chaleurs de la matinée.

La ferme où j'allais trouver Annette se situait à l'extrémité d'une interminable avenue, en direction des profondes châtaigneraies du pays de Beynat. J'y arrivai en sueur. Le bâtiment désaffecté était occupé par un détachement du bataillon As de pique, chargé d'occuper le sud-est de la ville. Grâce à mon brassard, je pus pénétrer sans encombre dans la pièce centrale transformée en PC. Un jeune officier à grosses lunettes d'écaille me demanda sur un ton peu amène ce que je voulais.

— Voir Annette, lui répondis-je. René Juge m'a dit que je pourrais la trouver ici.

— Elle y est bien. Qu'est-ce que tu lui veux ?

Je lui parlai brièvement de Pauline, de Lina et lui exposai les motifs de ma présence. Il hocha la tête en faisant basculer son crayon entre ses doigts.

— Je comprends que tu veuilles l'interroger, dit-il, mais, si elle te répondait, ce serait un miracle. Nous avons abattu cette salope au petit jour. Elle n'arrêtait pas de nous insulter, de nous provoquer. Mes gars en ont eu marre. Si tu veux la voir...

Je m'accrochai à la table pour ne pas m'effondrer. Le dernier espoir de retrouver Lina venait de s'envoler. J'entendais, comme venue de très loin, la voix de l'officier :

— Tu ne te sens pas bien ? La chaleur sans doute... Tu veux un remontant ? Un verre d'eau ?

— Je veux voir Annette.

— Alors, suis-moi. Elle est dans la grange.

Annette gisait, bras écartés, sur un tas de paille, un sac de jute recouvrant son corps jusqu'au menton. Une breloque de trois sous ornait encore son poignet. Je chancelai de nouveau.

— Ça, par exemple, m'écriai-je. C'était donc elle ?

— Tu la connais ? Tu as *fricoté* avec elle ? Eh bien, parle !

Je n'avais pas *fricoté* avec elle, mais je la connaissais.

Quelques mois avant de quitter mon domicile pour prendre le maquis aux Mazières, j'avais rencontré Annette à la terrasse du Café de Brive, dans la rue principale, en face du Monoprix où elle était employée. Je l'avais tout de suite remarquée à ses grâces de fauvette, à son visage de poupée, à ses yeux larges et verts, fascinants. Ce qui m'avait déplu, c'est qu'elle fumait des cigarettes allemandes, mais le désir soudain que j'avais d'elle m'avait fait dédaigner ce détail.

Je l'avais abordée et lui avais parlé de la pluie et du beau temps. Je semblais l'intéresser, si bien que nous étions convenus d'un rendez-vous dans un autre café du centre, pour la fin de la semaine avec, de ma part, l'intention de l'emmener un dimanche en promenade dans les bois de Migoule ou de Fadat, proches de la ville.

Au jour et à l'heure dits, j'étais au rendez-vous ; elle pas. Je l'ai attendue une heure ; elle n'est pas venue.

Je racontai cette idylle manquée à l'officier. Il me tapa sur l'épaule et me dit :

— Ben, mon gars, tu l'as échappé belle. Qui sait où cette garce aurait pu t'entraîner ?

Je tournais, sans l'écouter, autour d'une question obsédante : pourquoi Annette n'était-elle pas venue à notre rendez-vous ? L'officier répondit à ma place : elle avait dû penser qu'il s'agissait d'un piège, ma famille étant connue pour ses opinions socialistes.

— Qu'est-ce que vous comptez faire de son cadavre ?

— J'attends les ordres. On le rendra sûrement à la famille. Ce sont de braves gens. Si tu veux garder son bracelet... Ça te ferait un souvenir...

Peu sensible que je suis à ce genre d'humour macabre, je haussai les épaules. Un souvenir... Le mieux que j'eusse pu espérer, c'est oublier cette garce, complice de celle qui avait causé la perte de ma Pauline. D'ailleurs, l'émotion que j'avais ressentie en découvrant son corps s'était dissipée aussi rapidement que le regret que j'avais eu jadis de son absence à notre rendez-vous. Cette fille avait tenu, à mon corps défendant, une place des plus modestes dans ma vie, et elle ne m'était rien. J'aurais payé cher pour voir le cadavre de Lina à sa place.

Comme s'il avait deviné mes réflexions à travers mon silence, l'officier ajouta :

— Quant à sa compagne, cette Lina Muñoz, nous ignorons encore où elle se trouve, mais ne perds pas espoir. Si elle est encore de ce monde, nous la retrouverons. La chasse s'organise...

8

RETOUR DU PRINTEMPS

Je quittai mes parents dès le lendemain, pour regagner Castelfranc. Pressé de questions sur l'emploi de ma journée, je ne leur révélai rien qui pût leur causer du trouble : j'avais retrouvé quelques camarades, avec lesquels j'avais fêté la délivrance ; j'étais passé par l'hôtel de ville, où l'on s'apprêtait à remplacer la délégation spéciale de Vichy par un conseil municipal provisoire.

Roland était dans tous ses états : il avait rassemblé quelques amis autour d'une cérémonie et d'une fête pour célébrer la Libération. Un grand dîner fut organisé par ses soins sur la terrasse ; il se prolongea tard dans la nuit, par d'interminables libations et une petite sauterie improvisée. Je vis à cette occasion remonter de la cave des crus prestigieux, des champagnes millésimés et les délicieux pâtés de foie gras truffés de Toinette.

Je me retirai avant la fin en entraînant Luce avec moi. Elle aurait aimé rester ; il fallait qu'elle dorme.

— C'est une fête pour les adultes. Pas pour les gamines de ton âge.

— Je suis plus une gamine. Je vais avoir douze ans.

— Quand j'avais ton âge, mes parents ne m'emmenaient jamais au bal. J'allais me coucher à la nuit tombée, comme les poules.

— Tes parents, c'est des vieux.

Elle me prit la main, la balança en sautillant.

— Dis, Julien, maintenant que la guerre est finie, Pauline va revenir ?

— Comment veux-tu que je le sache ? D'ailleurs, elle n'est pas finie, la guerre. Pas encore.

Elle secoua la tête, fit la moue, tandis que je la menais jusqu'à son lit. En chemise de nuit, elle me dit :

— Je pourrai regarder par la fenêtre ? Juste un petit moment, avant de me coucher.

— D'accord pour cinq minutes. Après, dodo. Demain, nous irons nous baigner dans la Vézère, comme je te l'ai promis. Je t'emmènerai sur ma bicyclette.

— Et s'il pleut ?

— On se baignera quand même.

— Comme Gribouille ?

Elle éclata de rire et me prit dans ses bras pour m'embrasser.

Peu à peu, le temps avait accompli son œuvre d'érosion. La petite cessa de me harceler de questions sur Pauline, auxquelles je ne pouvais répondre – et pour cause ! J'avais parfois l'impression qu'elle renonçait à tout espoir et, ce qui me peinait, n'était plus perturbée par cette absence interminable, et sans nouvelles. A son âge, en général, les sentiments s'affirment avec plus de violence que chez les adultes, mais se dissipent plus rapidement, du fait qu'ils échappent à la raison.

J'aurais dû me réjouir de cet état d'esprit et me persuader qu'avec le temps l'oubli recouvrirait le souvenir des événements tragiques dont elle avait été témoin. Au lendemain de l'arrestation de Pauline, j'avais pris soin d'éliminer de son horizon familier tout ce qui aurait pu lui rappeler l'absente. Elle ne s'était rendu compte qu'à la longue de cette manœuvre : elle l'intriguait sans la troubler outre mesure.

Qu'allais-je faire d'elle ? La confier à mes parents, à mon oncle des Mazières, à celui qu'elle avait à Toulouse, ou à Roland, comme lui-même l'avait suggéré ? Le problème restait en suspens, mais il ne laissait pas de m'obséder.

J'aurais souffert d'une séparation, même avec la certitude qu'elle ne serait pas définitive et que nous garderions, où qu'elle se trouve, des rapports constants. Je m'étais attaché à elle comme à une réplique en réduction de sa grande sœur, m'efforçant de trouver dans son apparence physique, son caractère, son comportement, des ressemblances avec Pauline. Elle avait la même démarche assurée, la même manie de poser des questions à tout bout de champ pour des futilités, une identique volonté farouche de faire aboutir ses décisions, au besoin par une séduction empreinte de rouerie, et Dieu sait qu'elle savait en jouer !

Depuis que les routes étaient exemptes de tout risque, je l'emmenais visiter les environs sur le cadre de ma bicyclette. De passage au bourg, je lui offrais une limonade à la terrasse de chez Roque. Elle aurait aimé pousser jusqu'à Flaujat, mais, outre que le trajet était trop long, par cette chaleur, j'aurais mal supporté l'agression de souvenirs qui m'y attendait.

C'est sur le bord de la Vézère, au moulin de La Mouthe, que nous passions les heures les plus agréables de cet été finissant. Nous préférions les baignades auxquelles nous nous livrions à celles du bassin du château, mal entretenu et qui sentait l'eau croupie, une *eau de crapaud*, disait Luce.

Je lui appris à nager. En une semaine, elle faisait, sans mon aide, quelques brasses ; en un mois elle évoluait seule d'un bout à l'autre de la digue. L'eau septembrale, calme et noire comme celle où dort Ophélie dans le poème de Rimbaud, avait gardé un peu de la tiédeur de l'été, mais les premières pluies d'automne n'étaient pas loin, et nous priveraient de ce plaisir quotidien.

Elle se déshabillait devant moi, sans pudeur, revêtait la culotte bateau rapetassée qui avait appartenu à Pauline et, poitrine dénudée, malgré une amorce discrète de seins, allait batifoler avec des gamins et des gamines des fermes avoisinantes. Elle faisait la loi dans cette ribambelle, en *fille du château*, avec une autorité, et parfois une agressivité de mère poule.

Je surveillais ses ébats, comme un maître nageur, du haut de la digue. La baignade terminée, nous allions nous sécher au soleil, sur un espace d'herbe sèche, au pied des peupliers qui commençaient à jaunir et à perdre leurs feuilles, dispersées dans le vent mou, comme des nuées de papillons. Elle cherchait ma main et ne me la rendait que lorsque sonnait le moment du départ.

Un soir, alors qu'un vent d'ouest dévalait la colline du Temple et rafraichissait l'air, qui sentait la pluie, je lui dis :

— Finies les baignades, ma chérie ! L'eau devient trop froide. L'automne est là, déjà. Regarde toutes ces feuilles mortes sur l'eau...

— Nous reviendrons, dis ?

— Sûrement, mais pas avant l'été prochain. D'ici là, nous serons loin l'un de l'autre, et tu auras peut-être trouvé un amoureux.

— Tais-toi ! Tu seras là, avec moi. Toujours là... Je le veux !

Je n'eus pas le courage de lui enlever ses illusions.

Au cours de la fête au château qui avait marqué la Libération, j'avais appris que, dans la dernière semaine de juillet, André Malraux (colonel Berger) avait été capturé par les Allemands dans les parages de Gramat, en Quercy.

Alors qu'il s'apprêtait à apaiser une tension entre des groupes de partisans rivaux, il était tombé sur une colonne allemande chargée de nettoyer la région des *terroristes*, et avait été blessé à une jambe, mais sans que ses jours soient menacés. Aux dernières nouvelles, il était détenu à Toulouse. On parlait d'une énorme rançon destinée à sa libération. « Des ragots ! protestait Roland. Nous ne sommes plus au Moyen Age... »

Notre spectacle, malgré les défections d'Odette et de Maurice, était fin prêt.

Roland avait prospecté de petites compagnies d'amateurs de la région, pour découvrir quelques comédiens, de quoi *boucher les trous*, comme il disait, si bien que la distribution, moins brillante que celle qu'il avait prévue, donnait satisfaction, son amie

Gilberte surtout, sur laquelle il ne tarissait pas de louanges.

La salle du Théâtre municipal étant retenue pour la première, j'aidai Pierre à réaliser la maquette des affiches et du programme. Les termes m'en sont restés à la mémoire : « Le Front national présente une création, *La Gloire de Lucida*, légende tragique en quatre actes de Roland de Jonvelle, avec Pierre Brassier et sa troupe de FFI... » Je fus chargé de veiller à l'impression de ces documents.

Au retour de l'imprimerie, Roland m'annonça une nouvelle qui me bouleversa : des maquisards de Sainte-Féréole, la commune où s'étaient déroulés le combat et le massacre de La Besse, avaient mis la main sur Lina Muñoz.

— Je suppose, dit-il, que tu souhaites toujours la rencontrer.

— Plus que jamais !

— Tu la trouveras au château du Gauthier. Dans le village, on t'indiquera le lieu. Tu peux prendre la Simca. C'est un peu loin pour t'y rendre à bicyclette.

Comme je ne possédais pas de permis de conduire, il me fit établir par la délégation spéciale du bourg un document qui en tenait lieu, ainsi qu'un laissez-passer attestant mon appartenance aux FFI. Je n'oubliai pas mon brassard à croix de Lorraine et mon 11-45. Ces précautions n'étaient pas superflues, les routes étant moins sûres que je ne le supposais ; je risquais de tomber sur des maquisards mal embouchés, qui pratiquaient la chasse aux collabos.

Je trouvai sans peine ce *château*, en fait une gentilhommière cossue mais sans caractère. Le Gauthier avait alors mauvaise réputation : Lina et Annette s'y retrouvaient fréquemment pour des orgies avec les médecins. Pour y pénétrer, je dus présenter mes papiers au chef de section du bataillon As de trèfle qui y avait installé son PC, et fournir les raisons de ma démarche.

— Trop tard... me répondit le chef.

— Vous l'avez exécutée ?

— Qu'est-ce que tu crois ? Les exécutions sommaires, c'est pas le genre de la maison. Elle a été transférée à Brive. Si tu veux la voir en vedette, dans un joli numéro, tâche de te trouver demain matin, sur la place de l'Hôtel-de-Ville. Elle y sera tondue en public. Ça semble te déplaire...

— Ça me déçoit. J'avais prévu de lui régler moi-même son compte. Par sa faute, ma fiancée a été prise par les Allemands et déportée.

Pour confirmer cette intention, je lui montrai mon 11-45.

— Ta fiancée, je la plains, soupira-t-il. Mais s'il n'y avait que ça à reprocher à cette salope... On la soupçonne d'avoir dénoncé aux Frisés les petits gars de La Besse. Tu connais la suite... A l'heure qu'il est, on doit l'interroger. Si sa culpabilité est établie, elle ne coupera pas au poteau, en plus d'une halte chez le coiffeur. Ça t'évitera de la flinguer et de t'attirer des ennuis.

— Je serai demain place de l'Hôtel-de-Ville, dis-je.

Et je remis mon pistolet dans ma poche.

La nouvelle du *numéro* dont m'avait parlé le chef du Gauthier s'était propagée rapidement.

Lorsque, au sortir de l'imprimerie, j'arrivai sur la place de l'Hôtel-de-Ville, le spectacle avait débuté, au milieu d'une foule qui semblait animée par une curiosité malsaine plus que par la colère. On se serait cru à une séance de saltimbanques.

Plutôt que de fendre la foule pour me porter au premier rang, je parvins, en exhibant mes papiers, à monter au premier étage de l'hôtel de ville et à me poster dans l'angle d'une fenêtre dominant la place noire de monde, comme naguère pour la venue du Maréchal, et bientôt pour celle du général de Gaulle. Il en montait des rires, des quolibets et des imprécations.

Lina était méconnaissable. On avait rasé son crâne, sur lequel était gravée au couteau une croix gammée. Elle portait sur la poitrine un écriteau la désignant comme responsable du massacre de La Besse. Lambeau par lambeau, les spectateurs avaient arraché sa robe et ses sous-vêtements, comme autant de reliques, si bien qu'elle était nue. Derrière elle, un homme brandissait sa culotte comme un drapeau. Molestée de toutes parts, elle chancelait, tombait sur les genoux en abritant avec ses mains son visage ensanglanté.

Un doute me traversa l'esprit : je ne reconnaissais pas Lina dans cette fille pataude, alors qu'elle était mince et élégante. Ce n'était pas elle, je l'aurais juré.

Dévalant l'escalier, je me ruai à travers la foule, accrochai le bras d'un officier et lui criai dans l'oreille :

— Pouvez-vous me dire qui est cette fille ?

— Une putain de la Milice. Une fille de Donzenac. Elle s'appelle, je crois, Mimi Boudrie.

Je chancelai, et, retournant sur mes pas, m'adossai au mur de l'hôtel de ville en me laissant glisser jusqu'à terre. Tout s'effondrait autour de moi. La rumeur de la foule me parvenait comme celui d'une mer agitée à gros bouillons. D'espoirs en déceptions, j'aboutissais à cette conclusion : Lina Muñoz était insaisissable.

Lorsqu'on eut jeté cette pauvre fille dans une voiture pour lui éviter un lynchage, je montai jusqu'au Terminus pour y rencontrer Ziegler. Je le trouvai attablé avec quelques responsables de la Résistance. Il eut un mouvement d'humeur en me voyant.

— Qu'y a-t-il encore pour ton service ? Tu veux déjeuner ? Poulet froid et mayonnaise.

Je le remerciai, avant d'ajouter :

— Je voudrais savoir pourquoi on a arrêté cette fille, Mimi Boudrie, au lieu de Lina Muñoz. Hier, au Gauthier, on m'avait pourtant assuré…

— Que veux-tu que je te dise ? Les gars qui t'ont renseigné se sont trompés. Lina était bien au Gauthier, mais c'est à Limoges, et non à Brive, que tu pourrais la trouver. Pourtant, si ça peut te rassurer, son compte est bon. Ne le regrette pas : ça t'évitera une corvée déplaisante. Quant à la fille qu'on a tondue, c'est une pauvre innocente qui a parlé à tort et à travers, sans se rendre compte de ce qu'elle disait. On vient de donner l'ordre d'interrompre son supplice. Mon pauvre ami, nous traversons un foutu bordel…

La Gloire de Lucida a dépassé le succès que nous escomptions.

Je me disais que, dans la grand branle-bas de la Libération, un tel spectacle, eût-il été digne de la Comédie-Française, avait peu de chances de susciter l'engouement de la foule. Roland et Pierre Brassier, à qui cette pièce devait son triomphe, en furent les premiers étonnés et ravis.

On présenta ce spectacle dans diverses localités du département, avec toujours le même succès, et, à l'extérieur du département, jusqu'à Lyon, où eut lieu la dernière représentation. J'étais bien un des rares à me montrer surpris d'une telle réussite : le texte était banal, l'interprétation sentait l'amateurisme, malgré l'impulsion donnée par la vedette parisienne, mais je me réjouis que la transposition des événements de notre époque dans l'Antiquité gallo-romaine ait pu toucher le grand public. J'aurais préféré – mais Roland s'y refusait – qu'on situât l'intrigue dans l'actualité, que l'on fît de Lucida une paysanne corrézienne et de Lucius un agent de la Gestapo ou de la police de Vichy. Nous n'aurions pas eu à imaginer et à confectionner ces tuniques et tout cet attirail d'armes et de cuirasses. Nous aurions pu emprunter leurs uniformes aux prisonniers allemands. En dépit de ce triomphe, *La Gloire de Lucida* ne fut jamais reprise par une scène parisienne. Roland dut en être ulcéré.

Les orages de la fin du mois d'août ont décollé les affiches. Les pluies de septembre ont effacé des murs de la cité la mémoire de Lucida.

A quelque temps de là, alors que les *terroristes*, devenus des soldats, s'engageaient dans la chasse aux Allemands sur les marches de l'Est, les doutes qu'avait manifestés Ziegler se confirmèrent : la pauvresse tondue, dénudée, jetée en pâture à la populace, martyrisée, était innocente du crime dont on l'accusait. Questionnée avec la rudesse que l'on peut supposer, elle avait répondu par l'affirmative ou par des balivernes aux questions qu'on lui posait, avouant un forfait dont elle était innocente. Elle avait fait fonction, en quelque sorte, de bouc émissaire.

On la garda un moment en prison avant de la restituer à sa famille. Il pesait sur elle tant de soupçons injustifiés mais tenaces qu'elle fut abattue peu de temps après par un fanatique.

Quant à Lina, toutes les démarches que j'entrepris pour retrouver sa trace demeurèrent vaines. On me laissait entendre que je me mêlais de ce qui ne me regardait pas en propre, qu'il fallait laisser la justice suivre son cours... Cet écran de fumée m'incitait à croire ce que certains avançaient : cette fille devait jouir de certaines protections occultes qu'un procès en bonne et due forme eût sans doute mises au jour.

Tout ce que l'on put m'apprendre, c'est qu'à la libération de Limoges elle avait été transférée dans une autre prison. Laquelle, et pour combien de temps ?

Lorsque j'annonçai à Roland mon intention de quitter Castelfranc, ma présence y étant désormais sans objet, il s'en montra affecté.

— Tu veux partir ? Eh bien, pars ! J'aurais préféré que tu restes car tu aurais pu m'être utile pour d'autres fonctions. Je vais devoir remonter à Paris pour mon prochain livre, discuter avec mon éditeur, rencontrer les critiques et les libraires. J'aurais besoin d'un régisseur pour mon domaine, car Mayjonade se fait vieux... Tu aurais fait l'affaire. Tant pis pour moi.

Il me parla de Luce.

— Qu'est-ce qu'elle va devenir ? C'est une grande fille à présent. Il n'est pas question qu'elle revienne au Madelrieux. Elle n'a d'autre famille que le médecin de Toulouse, mais il semble se désintéresser de son sort. Nos courriers sont restés sans réponse. Il faudrait pourtant l'inscrire dans un lycée pour la rentrée. Elle a fait des progrès avec sa sœur et avec Rachel, mais c'est insuffisant.

— Tu penses bien que je ne vais pas l'abandonner à son sort ! J'en ai parlé à mes parents. Ils prendront soin d'elle comme si c'était ma propre sœur. Lorsque Pauline reviendra, si elle revient, je l'épouserai. J'ai envie d'avoir une famille et des enfants.

Les Schmidt, Rachel et quelques autres israélites que Roland avait hébergés ces derniers mois quittèrent la Corrèze pour une migration à rebours. De jour en jour, le château perdait de son animation habituelle et paraissait désert. Je n'aurais pu supporter d'y vivre seul, entre Luce et Toinette. Trop de souvenirs, bons et mauvais, s'y accrochaient, que je souhaitais évacuer au plus tôt.

Mon nouveau métier me convenait. Je l'exerçais avec conviction, dans la mesure où l'on ne m'imposait pas la carte du Parti, des consignes draconiennes et une autocensure, ce dont je dus me défendre. Je m'entendais bien avec Pierre, qui avait le titre de rédacteur en chef, malgré, de temps à autre, quelques algarades sans conséquence.

L'Espoir ne tint pas ses promesses : il ne vécut que quelques mois. N'ayant pu trouver un créneau, un public, les abonnements et la publicité qui lui auraient permis de survivre et de se développer, il sombra. L'élan romantique de la Résistance armée, des *guerriers de l'ombre*, comme on disait, perdait peu à peu de son intensité au profit de la politique.

Lorsque René Juge, devenu un magnat de la presse régionale, me proposa de collaborer au journal qu'il venait de fonder, j'acceptai.

Désormais, ma voie était tracée.

Mon père avait nourri l'espoir que, mes pérégrinations terminées, je retournerais au bercail pour reprendre la scie et la varlope. Il fut déçu de ma décision, m'en tint rigueur, puis oublia ce qu'il devait considérer comme de l'égoïsme et de l'ingratitude. Il aurait pu réagir vivement en me chassant du domicile familial ; il ne le fit pas. Il discutait même avec moi de mes articles, les approuvait ou les critiquait, ce qui resserrait entre nous des liens détendus par ce que ma mère appela un jour, cruellement, ma *trahison.*

Luce s'était adaptée aisément à sa nouvelle condition d'externe au lycée, dont j'assumais les frais. Elle avait sa chambre chez mes parents, à côté de la mienne. Je l'aidais pour ses devoirs de français et surveillais son carnet de notes. C'était une bonne élève, sans plus. Une fois par semaine, le samedi soir, je l'emmenais au cinéma voir des films américains qui revenaient sur le marché, parfois au théâtre, les tournées Baret ayant repris leurs circuits en province.

Un dimanche, je lui proposai de la conduire en voiture au Madelrieux. Elle accepta, mais sans manifester quelque sentiment que ce fût.

J'avais redouté une résurgence de souvenirs qui l'eussent perturbée. Sa réaction, sur place, ne fut pas celle que j'avais prévue. Elle me rassura et me déçut : Luce paraissait avoir perdu ses repères et oublié jusqu'à ces lieux. Sa famille, ses souvenirs d'enfance, tout cela semblait avoir été balayé par un grand vent. Comment lui en vouloir ? Sa jeunesse et ses épreuves l'exonéraient d'un éventuel reproche d'indifférence.

Elle me dit en me prenant la main :

— Partons, Julien ! Je n'aime pas cet endroit. Je me demande même ce que nous faisons là.

J'aurais pu lui montrer les emplacements où sa mère avait été brûlée, ceux où l'on avait retrouvé son père, son frère, le chien avec qui elle aimait jouer, l'endroit où était sa chambre... Je préférai m'abstenir. Cela aurait servi à quoi ?

En revanche, elle se plut aux Mazières.

La tante Mélanie décédée, l'oncle André vivotait modestement d'une petite retraite des PTT, entre ses deux vaches, sa volaille et son chien. Ce jour-là, il insista pour nous garder à dîner, au coin de la vaste cheminée où mitonnait une grosse soupe de seigle.

Il me dit en roulant sa dernière cigarette :

— Mon petit Julien, je ne vais pas tarder à passer l'arme à gauche. Regarde : avec mes mains qui ont la tremblote, je peine à rouler mes cigarettes. Le cœur bat la breloque, et c'est de là que je partirai, comme ma pauvre Mélanie. Un jour, les gens de Mazeyrat me trouveront raide. J'ai fait installer le téléphone, comme tu vois. Tous les matins, j'appelle, ou bien c'est eux, si je tarde trop. Oui, petit, tu seras pas long à venir à mon enterrement, je te le dis. Quatre-vingt-douze ans aux prunes, tu comprends ?

Il soupira en faisant griller à la fois le bout de sa cigarette et quelques poils de sa moustache :

— Ah... on peut dire que, toi et moi, on en a vu, des événements...

L'oncle André est mort quelques mois plus tard, au printemps, dans son sommeil. Nous sommes allés à son enterrement et nous avons fleuri sa tombe et celle des Monge.

Luce venait d'avoir dix-huit ans. Elle avait décroché son bac avec quelque difficulté, en raison du retard pris à Castelfranc, avec l'enseignement empirique donné par Pauline et la petite Juive, Rachel. Aujourd'hui, elle est armée pour la vie, prête à prendre son vol, à poursuivre ses études, peut-être. Dans quelle direction ? Elle l'ignore et cela semble la laisser indifférente. Son avenir baigne dans le flou.

La séparation n'a pas interrompu ses rapports avec Claude ; ils ont continué à s'écrire. Il lui a proposé de venir travailler à Paris, dans les studios, mais il lui en coûtait de nous quitter, malgré les encouragements que je lui prodiguais, en espérant – l'hypocrite – qu'elle n'en tiendrait aucun compte. D'ailleurs, ses ambitions étaient plus modestes. Je lui avais obtenu un emploi chez un libraire de mes amis, après son bac, pour les vacances. Elle semblait s'en satisfaire.

Le dimanche, nous nous rendions aux Mazières, quand le temps le permettait et que nous avions un moment de libre.

Je m'étais interdit de vendre ce petit domaine rural que l'oncle m'avait légué, avec ses trois sous d'économie. Des voisins se chargeaient, sinon de l'exploiter, du moins de l'entretenir.

Luce s'y plaisait autant que moi, plus peut-être.

Elle avait réaménagé sommairement la maison de vigne où le réfractaire que j'étais avait connu ses premières émotions de Robinson et de hors-la-loi. Elle y passait des heures à lire des ouvrages empruntés au libraire ou à rêvasser, comme je le faisais moi-même, dans le temps. Elle jouait les maîtresses de maison, semait des graines de fleurs, plantait des arbustes, récoltait des fruits qu'elle dévorait, s'asseyait sous le prunier pour dessiner des oiseaux et des plantes.

De temps en temps, elle me rabrouait :

— Julien, secoue-toi un peu ! Tu finiras ton article ce soir. Regarde ce soleil. Faut en profiter...

Elle m'arrachait à mes documents, me prenait la main, m'entraînait vers nos bicyclettes ou la voiture. Nos promenades nous conduisaient, lorsque nous étions à pied ou à vélo, sur la rive de la Vézère où, parfois, l'été, nous nous baignions dans des eaux sombres et profondes. La voiture nous entraînait plus loin, vers la Dordogne et Beaulieu, dont Malraux admire tant l'abbatiale et le tympan.

Nous avions sous les yeux, à longueur de temps, les ruines du Madelrieux, noyées sous une végétation sauvage ; Luce aurait aimé les effacer, y envoyer un bulldozer, en faire un lieu sans relief et sans mémoire, une sorte de Carthage à l'échelle de notre province, où rien ne puisse retenir l'attention : un site anonyme. Lorsque nous partions en promenade, nous évitions de passer par ce lieu, comme on évite une maison hantée.

Nous déjeunions ou dînions des victuailles que ma mère nous avait préparées, et des quelques bouteilles retrouvées dans la cave de l'oncle, qui ne nous faisaient pas oublier celle de Roland.

A table, je m'étais arrangé pour que Luce fût placée en face de moi, de manière que son visage se détachât sur le fond de verdure des collines, qu'il s'y encadrât, comme dans une toile de Nicolas Poussin.

Je lui trouvais une ressemblance de plus en plus évidente avec sa sœur. Pauline avait ce visage un peu asiate, ces yeux étirés, d'un vert mêlé de brun, cette chevelure profonde, chatoyante de reflets, où, parfois, je voyais crépiter des étincelles, ce qui nous amusait. Son corps avait plus de rondeurs et de souplesse que celui de son aînée ; il était plus élancé, avec une certaine raideur des membres.

Je lui disais parfois :

— J'aime bien quand tu te coiffes d'une natte, d'une seule, sur le côté. Tu ressembles à une chamane kirghize. Il ne te manque que le tambourin, la pelisse et le cheval...

Le séjour aux Mazières nous était agréable en toute saison. Paradoxalement, c'étaient nos week-ends d'hiver que préférait Luce. La provision de bois épuisée, j'en avais fait rentrer quelques cordes dans la remise, par un voisin. Nous passions de longues soirées à écouter des concerts classiques, à lire des livres, à feuilleter des magazines sur le divan de cuir roux, en face de la cheminée. « Groupés autour du feu comme des primitifs », a écrit le poète Fernand Gregh...

Un matin lumineux de grand gel, Luce a frappé contre la cloison.

— Julien ! Julien ! Réveille-toi !

Je l'ai rejointe dans sa chambre. Elle m'a montré, par la vitre dont elle avait effacé la buée, un coin de la vallée.

— Regarde bien, Julien. Il y a quelqu'un au Madelrieux. Cette fumée...

— Tu rêves ! Je ne vois rien.

— Mais si, mais si ! a-t-elle insisté, je t'assure. Quelqu'un y a fait du feu.

J'ai dû reconnaître qu'elle n'avait pas tort : de petites fumerolles planaient dans l'air calme et froid, au-dessus de ce qui restait de la toiture de tuile.

Je m'habillai chaudement pour me rendre sur place, et demandai à Luce de m'attendre. Le froid de janvier figeait l'immense cirque dans une immobilité de chromo pour carte de vœux, avec, sur les rives de la Vézère et dans les prairies qui la bordent, de larges pans d'une vieille neige de Noël.

Au fur et à mesure que j'approchais, je comprenais notre méprise : les premiers rayons de soleil faisaient fondre et s'évaporer ce qui restait de neige et de givre sur les tuiles. L'effet était saisissant.

Je n'étais pas retourné sur ces lieux depuis des mois, mais j'en retrouvais sans peine l'ordonnancement à travers la végétation grillée par le gel : le père Monge et son fils, allongés sur la croûte brunâtre du tas de fumier encore chaud, la mère dont les jambes noircies par le sinistre dépassaient d'un tas de poutres fumantes, Pauline et Luce, main dans la main, serrées l'une contre l'autre, leur visage figé par l'horreur, là, sur ce banc de pierre...

Le passé que Luce et moi avions fui me rattrapait. « C'est la dernière fois, me dis-je, que ce lieu maudit se rappelait à mon souvenir. Je n'y reviendrai plus jamais. »

Soucieux, l'un comme l'autre, d'oublier ces lieux, nous allions une fois par an, pour la Toussaint, sur la tombe de sa famille, au cimetière de Valliergues : une modeste nécropole rurale d'une vingtaine de tombes, image en réduction de cette commune éparpillée à travers des immensités de forêts. Comme il n'est distant des Mazières que de trois kilomètres, nous nous y rendions à pied, par un petit chemin et des pistes de chasse.

J'aurais aimé être présent le jour où l'on a procédé, en présence de la délégation spéciale, sous la surveillance d'un détachement de la Milice, à l'inhumation des trois cadavres de la famille et des maquisards victimes du guet-apens du pont de Soularue.

De tous les hameaux et villages des alentours, à ce que m'a dit mon oncle, les femmes étaient venues en tenue de deuil : ces « femmes en noir de la Corrèze », dont Malraux a parlé dans ses œuvres et ses discours. Je les imaginais, visage crispé, yeux baissés, immobiles et muettes, les mains croisées sur le ventre.

Durant un de ces soirs d'hiver, après avoir ranimé le feu sous les bûches, Luce s'est assise sur l'accoudoir du divan. Elle a passé un bras autour de mon épaule et, après un moment de silence, comme pour prendre son élan, elle m'a dit :

— Sais-tu à quoi je pense, Julien ? Lorsque tu seras à la retraite...

J'ai protesté : à la retraite ? J'en étais loin !

— ... lorsque tu seras à la retraite, nous pourrions venir nous installer aux Mazières.

— Qui ça : nous ?

— Eh bien, toi et moi, comme ton oncle et ta tante.

J'ai éclaté de rire. Sa main s'est crispée durement sur mon épaule. Suffoqué, j'ai rétorqué :

— Toi et moi... Aux Mazières... Comme Mélanie et André ? Comme un couple de vieux au coin du *cantou* ? Tu rêves, ma chérie ? D'abord, pour ça, il faudrait que nous soyons mariés.

J'ai cru fondre de stupeur lorsqu'elle m'a répondu, du ton le plus naturel qui soit :

— Nous marier ? Eh bien... pourquoi pas ? J'y ai songé, figure-toi. Ça te semble impossible ?

Elle s'est assise sur mes genoux, son visage près du mien, ses bras en parallèle contre le dossier, comme pour ne me laisser aucune chance de me dérober à cette sorte de carcan. J'ai bredouillé :

— Mais enfin, Luce, c'est une plaisanterie ? Tu n'as pas encore vingt ans. J'en ai douze de plus que toi. Et puis... et puis, tu es comme une sœur pour moi. Ce serait pour ainsi dire... un inceste ! Parfaitement, un inceste !

— Tout de suite les grands mots !

Je m'avisai soudain d'une parade irrésistible.

— D'ailleurs, tu as un petit ami auquel tu sembles tenir : cet Hervé que tu nous a présenté comme ton fiancé ! Tu parais très attachée à lui. Vous n'arrêtiez pas de vous dévorer du regard et de vous embrasser. Ma mère en était même gênée. Elle me l'a dit.

Luce détourna un visage de vaincue vers le feu qui prenait mal et fumait à chaque bourrasque de vent. Elle bougonna :

— Hervé... Hervé... Nous ne nous entendons pas sur trop de points. J'ai décidé de l'envoyer paître. Ça aura lieu dans la semaine. Après, je serai libre comme l'air. Libre, tu entends ? Libre !

Elle fit de la main un geste désinvolte, comme l'amorce d'un envol. Je me dis qu'elle n'aurait pu trouver une expression plus vulgaire et un jugement plus abject pour une rupture sentimentale. Hervé m'était apparu comme un gentil garçon, quoique un peu timide, le regard fuyant derrière ses lunettes. Elle a repris :

— Toi aussi, tu as une petite amie. Plusieurs même à ce qu'on dit. C'est normal, à ton âge, et bel homme comme tu l'es... Mais oui, ne fais pas le modeste ! Et dans une profession qui facilite les rencontres. Il paraît que les journalistes...

— Sottises ! Ils sont moins dévergondés qu'on ne le prétend et que tu ne sembles le croire.

— Avec cette Nelly, qui paraît être ta *régulière*, c'est sérieux ou c'est une simple distraction ? Ne fais pas cette grimace ! Je ne suis pas journaliste, moi, mais je suis bien informée, comme tu peux le constater. Alors, avec cette fille, c'est sérieux, oui ou merde ?

Je me sentis soudain mal à l'aise, prisonnier de mes arguties et de mes faux-fuyants, comme d'un piège. De quoi se mêlait cette petite peste ? Et à quoi rimait cet étalage qui ressemblait fort à un inventaire pour liquidation et nouvel investissement ?

— Je l'aime bien... Nous passons de bons moments ensemble, je l'avoue, mais, parler de grand amour et de mariage, c'est une autre affaire. Non, Luce, je n'ai pas l'impression que Nelly soit la femme de ma vie, mais peut-être, à la longue, il se pourrait qu'elle et moi...

— Alors, tu es libre et je le suis ! Rien ne s'oppose à ce que tu m'épouses. J'ai même pensé à une date : la semaine de Pâques. Je ne suis pas superstitieuse, mais on dit, et je le crois, que ça porte bonheur de se marier à cette époque. Pour des histoires de fécondité, à mon avis. La tradition...

Elle m'a secoué rudement, comme pour me réveiller, lèvres crispées, son regard de Méduse planté dans le mien.

— Réponds, Julien ! Dis quelque chose ! Je te déplais ? Tu ne m'aimes pas ? Tu ne veux pas que je sois ta femme ? Dis-le, nom de Dieu ! Mais dis-le donc !

Elle ajouta avec âpreté en se détachant de mon fauteuil :

— Je crois comprendre ce qui motive tes réticences : le souvenir de Pauline. Tu sais depuis des années qu'elle ne reviendra pas, mais tu t'obstines à attendre un miracle. Il n'y en aura pas. Pauline est morte, mais je suis là, moi, sa sœur. Au lieu de me repousser, tu serais plus inspiré en t'efforçant de la retrouver en moi.

Puis, dans un soupir tremblé :

— J'accepterai de renoncer à toi si tu me dis que tu préfères Nelly. Réponds, putain ! Mais réponds !

Je pris un plaisir un peu pervers à la laisser mijoter dans le doute, puis j'ai murmuré avec un sourire :

— Nelly ? Nelly ? De qui veux-tu parler ?

Elle se jeta sur moi comme une pieuvre, avec un éclat de rire qui vrillait dans mes oreilles. Je parvins à lui faire comprendre qu'elle allait m'étouffer. Elle se redressa, écarta les bras en hurlant :

— Je t'aime !

J'eus du mal à assimiler cette déclaration intempestive et à admettre sa crédibilité. La présence constante de Luce, sa vénusté rayonnante, son odeur de jeunesse me troublaient sans susciter l'intention d'en faire ma maîtresse ou ma femme. Avais-je eu raison de penser que l'ombre de Pauline se serait interposée entre nous comme un écran de glace ou de verre, et, quoi qu'elle en dise, aurait altéré ou même éradiqué le désir que nous pouvions ressentir l'un pour l'autre ? Et voilà que soudain, sans préambule, elle me mettait au pied du mur.

Le lendemain, après une nuit sage, nous avons reparlé de notre problème, au cours d'une promenade dans une solitude de neige rose et blanche.

— J'ai passé une partie de la nuit à réfléchir à ta proposition, lui ai-je dit. Après tout... rien ne s'y oppose, du moins en apparence...

— En apparence ?

Je tentai de lui expliquer qu'il y aurait tout un jeu

relationnel à reconsidérer, à bouleverser peut-être. Une telle révision, qui nous engageait totalement, m'apparaissait comme une épreuve insurmontable. Prendre Luce dans mes bras, l'embrasser amoureusement, la coucher dans mon lit, me semblait parfois le comble du bonheur. A d'autres moments, ces relations intimes me semblaient inconcevables en dépit du désir qu'elle éveillait parfois en moi. J'aurais eu l'impression de faire l'amour au double de Pauline, à son fantôme...

De retour aux Mazières, après une promenade jusqu'au sommet qui domine le cirque du Madelrieux, nous avons commencé à préparer notre repas de midi. En attendant que mitonne la grosse soupe de pain de seigle aux légumes, nous avons fumé une cigarette au coin du *cantou*.

Après un long silence, dans le crépitement du feu qui reprenait joyeusement, j'ai dit à Luce :

— Je t'ai donné mon accord, et je n'y reviendrai pas, mais il faut que j'en parle à mes parents.

Elle eut un sursaut, leva les yeux au plafond où le feu menait son ballet de lumière entre les poutres, et soupira :

— Tes parents... Tes parents... A quelle époque crois-tu vivre, mon Julien ? Tu es adulte, oui ou non ? Tes parents... Tu leur diras : « J'ai l'intention d'épouser Luce. » Un point, c'est tout ! Ou plutôt, non, tiens ! c'est moi qui leur annoncerai la nouvelle.

Elle a jeté sa cigarette au feu, s'est allongée contre moi, m'a embrassé sur les lèvres, doucement, pour une simple caresse, puis profondément, avec des gémissements et de petits cris montant du fond de sa gorge. Elle s'est levée, a pris mes mains et m'a dit :

— Viens, mon chéri. Suis-moi...

Lorsqu'elle m'a entraîné vers sa chambre, j'étais dans un état proche de la catalepsie. Oubliant notre déjeuner, nous avons fait l'amour tout l'après-midi, sans que le moindre fantôme du passé ne surgisse entre nous, comme je le redoutais, dans une sérénité qui écartait les ombres néfastes. Tout devenait simple. Tout était lumière.

Nous n'avons quitté notre lit qu'au crépuscule, pour apaiser une faim dévorante. Il a fallu ranimer le feu, réchauffer la soupe qui n'était plus qu'une bouillie, battre une omelette, avant de garnir la cheminée et de nous recoucher dans le lit encore tiède.

Nous avons passé la matinée du lendemain à dormir, alors que j'aurais dû me trouver au journal, devant ma machine à écrire. J'ai téléphoné à la rédaction, justifiant mon absence par un accident de voiture consécutif aux routes verglacées.

Le premier soin de Luce en se levant, avant même de préparer le petit déjeuner, a été de descendre à la cave. Elle en a rapporté une bouteille de liqueur de genièvre, couverte de poussière, dont l'étiquette portait une date à peine lisible : « 1939 ». L'année de la déclaration de guerre.

— A défaut de champagne... dit-elle.

Elle a rempli deux verres, a levé le sien en murmurant :

— A nos amours, Julien ! A notre vie commune !

Elle a ajouté :

— Je veux que nous nous mariions ici. Oui, Julien,

aux Mazières. Nous inviterons tous nos amis, les tiens, les miens. Ce sera une grande fête. Nous ferons un méchoui, nous...

Elle m'imposait déjà ses volontés. Adoptant le langage de Pauline, elle procédait souvent par interjections : « Je veux... C'est comme ça... J'ai dit... Pas question... » Luce jouait, comme sa grande sœur, au tyranneau de ménage. Cela m'amusait. Je lui faisais comprendre que je n'étais pas dupe de cette parade d'autorité et que, pour les décisions importantes, j'aurais mon mot à dire.

— J'ai une meilleure idée, Luce. C'est à Castelfranc que nous nous marierons, dans ce château dont Aragon parle dans un de ses poèmes. Roland ne nous refusera pas cette faveur. Il sera d'ailleurs présent pour Pâques.

— A Castelfranc, oui, comme Henry de Jonvelle et Colette, avant la guerre de 14. Ils avaient invité, à ce qu'on m'a dit, toute la commune, à un gigantesque buffet et à un bal. Castelfranc, oui, c'est une bonne idée, Julien, mais... c'est ici, aux Mazières, que nous passerons notre lune de miel. Et ça, j'y tiens...

Elle m'étreignit, m'embrassa longuement. Son haleine sentait le genièvre et le tabac de sa première cigarette.

— Si tu en es d'accord, Julien, j'aimerais que notre premier enfant, si c'est une fille, nous l'appelions Pauline.

Nous avons repris la route en fin de matinée, sous un ciel rose et bleu qui, déjà, sentait le printemps...

L'auteur tient à remercier pour leur aide
Maître Jean-Louis Aujol,
Messieurs Michel Carcenac,
Robert Lacoste,
Robert Michaudel,
Raymond Parveaux,
Robert Sol,
... et, à titre posthume, Madame Paulette Couffignal

TABLE

OUVRAGES DE MICHEL PEYRAMAURE

Grand Prix de la Société des gens de lettres
et prix Alexandre-Dumas
pour l'ensemble de son œuvre

Paradis entre quatre murs, Laffont.
Le Bal des ribauds, Laffont ; France Loisirs.
Les Lions d'Aquitaine, Laffont, prix Limousin-Périgord.
Divine Cléopâtre, Laffont, collection « Couleurs du temps passé ».
Dieu m'attend à Médina, Laffont, collection « Couleurs du temps passé ».
L'Aigle des deux royaumes, Laffont, collection « Couleurs du temps passé » et Lucien Souny, Limoges.
Les Dieux de plume, Presses de la Cité, prix des Vikings.
Les Cendrillons de Monaco, Laffont, collection « L'amour et la Couronne ».
La Caverne magique (La Fille des grandes plaines), Laffont, prix de l'académie du Périgord ; France Loisirs.
Le Retable, Laffont et Lucien Souny, Limoges.
Le Chevalier de Paradis, Casterman, collection « Palme d'or » ; Lucien Souny, Limoges.
L'Œil arraché, Laffont.
Le Limousin, Solar ; Solarama.
L'Auberge de la mort, Pygmalion.
La Passion cathare :
1. *Les Fils de l'orgueil*, Laffont.
2. *Les Citadelles ardentes*, Laffont.

La Lumière et la Boue :
1. *Quand surgira l'étoile Absinthe*, Laffont ; Livre de Poche.

2. *Les Roses de fer*, Laffont, prix de la Ville de Bordeaux ; Livre de Poche.

L'Orange de Noël, Laffont, prix du Salon du livre de Beauchamp ; Livre de Poche ; France Loisirs et Presses Pocket.

Le Printemps des pierres, Laffont ; Livre de Poche.

Les Montagnes du jour, éd. Les Monédières, préface de Daniel Borzeix.

Sentiers du Limousin, Fayard.

Les Empires de cendre :

1. *Les Portes de Gergovie*, Laffont ; Presses Pocket et France Loisirs.
2. *La Chair et le Bronze*, Laffont.
3. *La Porte noire*, Laffont.

La Division maudite, Laffont.

La Passion Béatrice, Laffont ; France Loisirs et Presses Pocket.

Les Dames de Marsanges :

1. *Les Dames de Marsanges*, Laffont.
2. *La Montagne terrible*, Laffont.
3. *Demain après l'orage*, Laffont.

Napoléon :

1. *L'Étoile Bonaparte*, Laffont.
2. *L'Aigle et la Foudre*, Laffont.

Les Flammes du Paradis, Laffont ; Presses Pocket et France Loisirs.

Les Tambours sauvages, Presses de la Cité ; France Loisirs et Presses Pocket.

Le Beau Monde, Laffont ; France Loisirs et Presses Pocket.

Pacifique Sud, Presses de la Cité ; France Loisirs et Presses Pocket.

Les Demoiselles des Ecoles, Laffont ; France Loisirs et Presses Pocket.
Martial Chabannes, gardien des ruines, Laffont, prix du Printemps du livre de Montaigut ; France Loisirs.
Louisiana, Presses de la Cité ; France Loisirs et Presses Pocket.
Un monde à sauver, Bartillat, prix Jules-Sandeau.
Henri IV :
1. *L'Enfant roi de Navarre*, Laffont.
2. *Ralliez-vous à mon panache blanc !*, Laffont.
3. *Les Amours, les passions et la gloire*, Laffont.
Lavalette, grenadier d'Égypte, Laffont ; France Loisirs.
La Tour des Anges, France Loisirs ; Laffont.
Suzanne Valadon :
1. *Les Escaliers de Montmartre*, Laffont ; Le Grand Livre du mois.
2. *Le Temps des ivresses*, Laffont ; Le Grand Livre du mois.
Jeanne d'Arc :
1. *Et Dieu donnera la victoire*, Laffont.
2. *La Couronne de feu*, Laffont.
Les Chiens sauvages, Laffont.
Vu du clocher, Bartillat.
La Cabane aux fées, Le Rocher.
Soupes d'orties (tomes 1 et 2), nouvelles, Anne-Carrière.
Le Roman des croisades (tomes 1 et 2), Laffont.
La Divine (Le Roman de Sarah Bernhardt), Laffont.
Fille de la colère (Le Roman de Louise Michel), Laffont.
Le Pays cathare, Ouest-France.
Le Roman de Catherine de Médicis, Presses de la Cité.

POUR LA JEUNESSE

La Vallée des mammouths, Laffont, grand prix des Treize, collection « Plein Vent » ; Folio-junior.

Les Colosses de Carthage, Laffont, collection « Plein Vent ».

Cordillère interdite, Laffont, collection « Plein Vent ».

Nous irons décrocher les nuages, Laffont, collection « Plein Vent ».

Je suis Napoléon Bonaparte, Belfond Jeunesse.

PRODUCTION JEANNINE BALLAND

Romans « Terres de France »

Jean Anglade
Un parrain de cendre
Le Jardin de Mercure
Y a pas d'bon Dieu
La Soupe à la fourchette
Un lit d'aubépine
La Maîtresse au piquet
Le Saintier
Le Grillon vert
La Fille aux orages
Un souper de neige
Les Puysatiers
Dans le secret des roseaux
Sylvie Anne
Mélie de Sept-Vents
Le Secret des chênes
La Couze
Ciel d'orage sur Donzenac
Jean-Jacques Antier
Autant en apporte la mer
Marie-Paul Armand
La Poussière des corons
La Courée
tome I *La Courée*
tome II *Louise*
tome III *Benoît*
La Maîtresse d'école
La Cense aux alouettes
Nouvelles du Nord
L'Enfance perdue
Un bouquet de dentelle
Victor Bastien
Retour au Letsing
Françoise Bourdon
La Forge au Loup
La Cour aux Paons
Le Bois de lune
Annie Bruel
La Colline des contrebandiers
Le Mas des oliviers
Les Géants de pierre
Marie-Marseille
Jean du Casteloun
Michel Caffier
Le Hameau des mirabelliers
La Péniche Saint-Nicolas
Les Enfants du Flot
Jean-Pierre Chabrol
La Banquise
Alice Collignon
Un parfum de cuir
Didier Cornaille
Les Labours d'hiver
Les Terres abandonnées
La Croix de Fourche
Etrangers à la terre
L'Héritage de Ludovic Grollier
L'Alambic
Georges Coulonges
Les Terres gelées
La Fête des écoles
La Madelon de l'an 40
L'Enfant sous les étoiles
Les Flammes de la Liberté
Ma communale avait raison
Les blés deviennent paille
L'Eté du grand bonheur
Des amants de porcelaine
Le Pays des tomates plates
La Terre et le Moulin
Les Sabots de Paris
Yves Courrière
Les Aubarède
Anne Courtillé
Les Dames de Clermont
Florine
Dieu le veult
Les Messieurs de Clermont
L'Arbre des dames
Le Secret du chat-huant
Annie Degroote
La Kermesse du diable

Le Cœur en Flandre
L'Oubliée de Salperwick
Les Filles du Houtland
Le Moulin de la Dérobade
Les Silences du maître drapier
Alain Dubos
Les Seigneurs de la haute lande
La Palombe noire
La Sève et la Cendre
Le Secret du docteur Lescat
Elise Fischer
Trois Reines pour une couronne
Les Alliances de cristal
Alain Gandy
Adieu capitaine
Un sombre été à Chaluzac
L'Enigme de Ravejouls
Les Frères Delgayroux
Les Corneilles de Toulonjac
L'Affaire Combes
Les Polonaises de Cransac
Le Nœud d'anguilles
Gérard Georges
La Promesse d'un jour d'été
Michel Hérubel
La Maison Gelder
La Falaise bleue
Tempête sur Ouessant
Le Démon des brumes
Denis Humbert
La Malvialle
Un si joli village
La Rouvraie
La Dent du loup
L'Arbre à poules
Les Demi-Frères
La Dernière Vague
Yves Jacob
Marie sans terre
Hervé Jaouen
Que ma terre demeure
Jean-Pierre Leclerc
Les Années de pierre
La Rouge Batelière
Louis-Jacques Liandier
Les Gens de Bois-sur-Lyre
Les Racines de l'espérance
Jean-Paul Malaval
Le Domaine de Rocheveyre
Les Vignerons de Chantegrêle
Jours de colère à Malpertuis
Quai des Chartrons
Les Compagnons de Maletaverne
Dominique Marny
A l'ombre des amandiers
La Rose des Vents
Louis Muron
Le Chant des canuts
Henry Noullet
La Falourde
La Destalounade
Bonencontre
Le Destin de Bérengère Fayol
Le Mensonge d'Adeline
Frédéric Pons
Les Troupeaux du diable
Jean Siccardi
Le Bois des Malines
Les Roses rouges de décembre
Le Bâtisseur de chapelles
Jean-Michel Thibaux
La Bastide blanche
Le Secret de Magali
La Fille de la garrigue
Le Roman de Cléopâtre
La Colère du mistral
L'Homme qui habillait les mariées
La Gasparine
L'Or des collines
Jean-Max Tixier
Le Crime des Hautes Terres
La Fiancée du santonnier
Brigitte Varel
Un village pourtant si tranquille
Les Yeux de Manon
Emma
L'Enfant traqué
Le Chemin de Jean
L'Enfant du Trièves
Colette Vlérick
La Fille du goémonier
Le Brodeur de Pont-l'Abbé
La Marée du soir
Le Blé noir

Collection « Sud Lointain »

Jean-Jacques Antier
Le Rendez-vous de Marie-Galante
Marie-Galante, la Liberté ou la Mort
Erwan Bergot
Les Marches vers la gloire
Sud lointain
tome I *Le Courrier de Saigon*
tome II *La Rivière des parfums*
tome III *Le Maître de Bao-Tan*
Rendez-vous à Vera-Cruz
Mourir au Laos
Jean Bertolino
Chaman
Paul Couturiau
Le Paravent de soie rouge
Le Paravent déchiré
Alain Dubos
Acadie, terre promise
Hervé Jaouen
L'Adieu au Connemara
Dominique Marny
Du côté de Pondichéry
Les Nuits du Caire
Juliette Morillot
Les Orchidées rouges de Shanghai
Michel Peyramaure
Les Tambours sauvages
Pacifique Sud
Louisiana
Bernard Simonay
Les Tigres de Tasmanie
Jean-Michel Thibaux
La Fille de Panamá

Romans

Alain Gandy
Quand la Légion écrivait sa légende
Hubert Huertas
Nous jouerons quand même ensemble
La Passagère de la « Struma »
Michel Peyramaure
Le Roman de Catherine de Médicis

Impression réalisée sur CAMERON par

BUSSIÈRE CAMEDAN IMPRIMERIES

GROUPE CPI

à Saint-Amand-Montrond (Cher)
en avril 2003

N° d'édition : 7084. — N° d'impression : 031879/1.
Dépôt légal : avril 2003.

Imprimé en France